TRANZLATY

El idioma es para todos

Езикът е за всички

La Transformación
(*La Metamorfosis*)
Метаморфозата

Franz Kafka
Франц Кафка

Español
Български

www.tranzlaty.com

Primera parte
Част първа

Gregorio Samsa se despertó una mañana de un sueño intranquilo.

Грегор Замза се събуди една сутрин от тревожни сънища.

Se encontró en su cama, pero incapaz de moverse.

Той се озова в леглото си, но не можеше да помръдне.

Se había transformado en una alimaña monstruosa.

Той се беше превърнал в чудовищна гадина.

Estaba acostado boca arriba, sobre su espalda, que estaba dura como una armadura.

Той лежеше по гръб, който беше твърд като броня.

Levantando un poco la cabeza podía ver su barriga.

Като повдигна леко глава, той можеше да види корема си.

Pero su vientre estaba abovedado y dividido en segmentos.

Но коремът му беше куполен и разделен на сегменти.

La manta descansaba encima de su vientre redondeado.

Одеялото лежеше върху закръгления му корем.

Pero la manta estaba a punto de caerse por completo.

Но одеялото беше почти на път да се свлече напълно.

Sus piernas eran lamentables comparadas con su tamaño habitual.

Краката му бяха жалки в сравнение с обичайния им размер.

Y sus muchas piernas se movían impotentes ante sus ojos.

И многобройните му крака безпомощно трептяха пред очите му.

"¿Qué me ha pasado?" pensó para sí.

„Какво ми се е случило?“, помисли си той.

Pero no era un sueño del que no pudiera despertar.

Но това не беше сън, от който да не можеше да се събуди.

En realidad era su propia habitación la que él se encontraba.

Наистина се озоваваше в собствената си стая.

Un auténtico espacio para humanos, aunque un poco pequeño.

Истинска стая за хора, но просто малко твърде малка.

Él yacía tranquilamente entre las cuatro paredes conocidas.
Той лежеше тихо между четирите добре познати стени.
Sobre la mesa había una colección de muestras textiles.
На масата имаше колекция от текстилни мостри.
Samsa era un vendedor ambulante, de ahí las muestras.
Самса е бил пътуващ търговец, откъдето идват и мострите.
Encima de las muestras textiles desmontadas había una imagen.
Над разглобените текстилни мостри имаше картина.
Recientemente había recortado la imagen de una revista.
Наскоро беше изрязал снимката от списание.
Había colocado el cuadro en un bonito marco dorado.
Той беше поставил картината в красива, позлатена рамка.
El cuadro enmarcado mostraba a una dama sentada erguida.
Рамкираната картина изобразяваше дама, седнала изправена.
Llevaba un gorro de piel y tenía un manguito de piel.
Тя носеше кожена шапка и имаше кожена маншон.
Ella estaba levantando su mano hacia el espectador de la imagen.
Тя вдигаше ръка към зрителя на картината.
Todo su antebrazo desapareció dentro de su pesado manguito de piel.
Цялата ѝ предмишница изчезна в тежката ѝ кожена мантия.
Gregor miró por la ventana el clima gris.
Грегор погледна през прозореца към мрачното време.
Se podía oír fuertes gotas de lluvia golpeando la ventana.
Чуваше се как едри дъждовни капки се удряха в прозореца.
El clima gris lo hacía sentir muy melancólico.
Сивото време го караше да се чувства много меланхоличен.
"¿Qué tal si duermo un poco más?" pensó.
„Какво ще кажеш да поспя още малко?“, помисли си той.
"Dormir más podría ayudarme a olvidar estas tonterías".

„Повече сън може да ми помогне да забравя тези
глупости.“
Pero dormir más era completamente inviable.
Но да спя повече беше напълно невъзможно.
Porque estaba acostumbrado a dormir sobre su lado derecho.
Защото беше свикнал да спи на дясната си страна.
Pero su estado actual le impedía realizar sus movimientos habituales.
Но сегашното му състояние му пречеше да прави
обичайните си движения.
No tenía forma de llegar a esa posición.
Той нямаше как да се добере до тази позиция.
Intentó con todas sus fuerzas lanzarse hacia su lado derecho.
Той се опита с всички сили да се хвърли на дясната си
страна.
Probablemente intentó este movimiento cientos de veces.
Вероятно е опитвал това движение сто пъти.
Pero él siempre volvía a la posición supina.
Но той винаги се люлееше обратно в легнало положение.
Cerró los ojos para no ver sus piernas inquietas.
Той затвори очи, за да не вижда трепещите си крака.
Al final el dolor le impidió intentarlo de nuevo.
Накрая болката го спря да опита отново.
Un dolor sordo en el costado que nunca había sentido antes.
Тъпа болка в хълбока му, каквато никога преди не беше
усещал.
«Oh Dios», pensó desesperado Gregorio Samsa.
„О, Боже“, отчаяно си помисли Грегор Замза.
¡Qué profesión tan agotadora he elegido para mí!
„Каква тежка професия съм си избрал!“
"Día tras día tengo que viajar por trabajo".
„Ден след ден трябва да пътувам по работа.“
**"El trabajo de oficina es mucho más fácil que trabajar fuera
de casa".**
„Работата в офиса е много по-лесна от работата на път.“
"Y tengo la maldición de tener que viajar."
„И аз имам проклятието да трябва да пътувам наоколо.“

"Todas las preocupaciones por llegar a tiempo a los trenes."
„Всички тези притеснения за това да си навреме за влаковете.“
"Mis horarios de comida son irregulares y la comida es mala".
„Храненето ми е нередовно и храната е лоша.“
"Mis amigos siempre están cambiando de ciudad en ciudad."
„Приятелите ми винаги се сменят от град на град.“
“Las interacciones que tengo son frías y profesionales”.
„Взаимодействията, които имам, са студени и професионални.“
"¡Dejad que el Diablo se divierta con este tipo de trabajos!"
„Нека Дяволът се забавлява с тази работа!“
Sintió un ligero picor en la parte superior del estómago.
Той усети леко сърбеж в горната част на стомаха си.
Se apoyó contra el poste de la cama, con la espalda.
Той се притисна с гръб към стълба на леглото.
Quería poder levantar mejor la cabeza.
Искаше да може да повдига по-добре главата си.
Encontró el punto que le picaba y le molestaba.
Той намери сърбящото място, което го тормозеше.
Su cabeza parecía estar cubierta de pequeños puntos blancos.
Главата му сякаш беше покрита с малки бели точки.
No podía decir qué eran esos pequeños puntos blancos.
Какво представляваха тези малки бели точки, той не можеше да разбере.
Había planeado tocar el lugar con una de sus piernas.
Беше планирал да докосне мястото с единия си крак.
Pero cuando tocó el lugar sintió un extraño escalofrío.
Но когато докосна мястото, усети странен хлад.
Entonces inmediatamente retiró la pierna del lugar.
Затова той веднага отдръпна крака си от мястото.
No tuvo más remedio que aceptar la sensación de picazón.
Нямаше друг избор, освен да приеме сърбежното чувство.
Y volvió a su posición anterior en la cama.
И той се върна в предишната си позиция в леглото.

"Despertarse tan temprano realmente te vuelve bastante estúpido".

„Събуждането толкова рано наистина прави човек доста глупав.“

"Un hombre debe dormir lo suficiente", pensó.

„Човек трябва да спи достатъчно“, помисли си той.

"Los demás vendedores ambulantes viven una vida de lujo."

„Другите пътуващи търговци живеят луксозен живот.“

"Por la mañana transfiero los pedidos que he recibido."

„На сутринта прехвърлям получените поръчки.“

"Mientras tanto esos señores todavía están desayunando."

„Междувременно онези господа все още закусват.“

"Imagínese si intentara hacer eso con mi jefe".

„Само си представете, ако се опитам да направя това с шефа си.“

"Me despediría antes de terminar mi desayuno."

„Щеше да ме уволни, преди да съм си довършил закуската.“

"Pero quizá eso tampoco sería lo peor."

„Но може би и това не би било най-лошото нещо.“

"El problema es que mis padres me están frenando".

„Проблемът е, че родителите ми ме спъват.“

"Si no fuera por ellos ya habría dimitido."

„Ако не бяха те, вече щях да съм подал оставка.“

"Me habría enfrentado al jefe y se lo habría dicho".

„Щях да се изправя срещу шефа и да му кажа.“

"Diría exactamente lo que pienso de él y del trabajo".

„Бих казал точно какво мисля за него и работата.“

"¡Se caería del escritorio si le contara todo!"

„Ще падне от бюрото си, ако му кажа всичко!“

"Es muy extraña la forma en que se sienta en su escritorio".

„Много е странно как седи на бюрото си.“

"La forma en que habla con sus subordinados no es correcta".

„Начинът, по който говори с подчинените си, не е правилен.“

"Y lo peor es que su audición es muy pobre".

„И най-лошото е, че слухът му е толкова слаб.“
"Así que no te queda otra opción que sentarte muy cerca de él."
„Значи нямаш друг избор, освен да седиш много близо до него.“
Pero dicho todo esto, la esperanza no está completamente perdida todavía.
„Но въпреки всичко казано, надеждата все още не е напълно изгубена.“
"Ahorraré el dinero para pagar la deuda de mis padres".
„Ще спестя парите, за да изплатя дълга на родителите си.“
"No puedo hacer nada mientras todavía le deban dinero".
„Не мога да направя нищо, докато те все още му дължат пари.“
"Pero cuando la deuda esté pagada definitivamente lo haré."
„Но когато дългът бъде изплатен, определено ще го направя.“
"Probablemente tomará otros cinco o seis años."
„Вероятно ще отнеме още пет до шест години.“
"Sí, entonces definitivamente se hará la gran separación".
„Да, тогава голямата раздяла определено ще бъде направена.“
"Por el momento, sin embargo, debo levantarme de la cama."
„Засега обаче трябва да стана от леглото.“
"Porque mi tren sale a las cinco en punto."
„Защото влакът ми тръгва в пет часа.“
Gregor miró el despertador que sonaba sobre la mesa.
Грегор погледна тиктакащия будилник на масата.
"¡Padre Celestial!" pensó al ver la hora.
„Небесни Отче!“, помисли си той, като видя колко е часът.
Las seis y media ya habían pasado silenciosamente.
Шест и половина вече тихо си беше отминало.
Y las manecillas del reloj seguían avanzando.
И стрелките на часовника продължаваха да се движат напред.
Y ahora se acercaba la cuarta hora menos cuarto.
А сега времето наближаваше седем без петнайсет.

"¿Quizás la alarma no sonó para despertarme?", pensó.

„Може би алармата не е звъннала, за да ме събуди?", помисли си той.

Desde la cama Gregor inspeccionó el despertador.

От леглото си Грегор огледа будилника.

El despertador estaba programado exactamente para las cuatro.

Будилникът беше правилно настроен за четири часа.

No podía explicarlo, pero la alarma debió haber sonado.

Не можеше да го обясни, но алармата сигурно е звъннала.

"¿Cómo pude dormirme a pesar de la alarma sin darme cuenta?"

„Как успях да спя по време на алармата, без да знам?"

Cuando suena la alarma incluso sacude los muebles.

Когато звъни, алармата дори разтърсва мебелите.

Sabía que su sueño no había sido para nada tranquilo.

Той знаеше, че сънят му никак не е бил спокоен.

Pero quizá por eso su sueño era mucho más profundo.

Но може би затова сънят му беше много по-дълбок.

Tenía que pensar qué debía hacer ahora.

Трябваше да помисли какво да прави сега.

El siguiente tren no salía hasta las siete.

Следващият влак тръгваше чак в седем часа.

Coger ese tren sería casi imposible.

Хващането на този влак би било почти невъзможно.

Y aún no había empacado los textiles que necesitaba.

И все още не беше опаковал текстила, от който се нуждаеше.

Tampoco se sentía especialmente fresco y ágil.

Той също не се чувстваше особено свеж и пъргав.

Quizás había una posibilidad de subir al tren.

Може би имаше шанс да се кача на влака.

Pero de todas formas, un regaño por parte del jefe era inevitable.

Но смъмренето от шефа беше неизбежно така или иначе.

El empleado habría subido al tren de las cinco.

Служителят щеше да се е качил на влака в пет часа.

El oficinista era una criatura sin carácter del jefe.

Служителят в офиса беше безгръбначно създание на шефа.

Así que la ausencia de Gregor ya habría sido informada.

Така че отсъствието на Грегор вече щеше да е било съобщено.

"¿Qué pasa si llamo para avisar que estoy enfermo?" Gregor estaba pensando.

„Ами ако се обадя, че съм болен?", обмисляше се Грегор.

Pero eso sería extremadamente embarazoso y sospechoso.

Но това би било изключително неудобно и подозрително.

Gregor nunca había estado enfermo durante el tiempo que trabajó allí.

Грегор никога не беше боледувал, докато работеше там.

Y ya les había dado cinco años de servicio.

И вече им беше дал пет години служба.

Lo más probable era que el jefe viniera a ver cómo estaba.

Имаше голяма вероятност шефът да дойде да го провери.

Probablemente traería al médico del seguro médico.

Вероятно щеше да доведе лекаря от здравната каса.

Y culparía a los padres por la pereza de su hijo.

И щеше да обвини родителите за мързеливия им син.

No podrían hacerle ninguna objeción.

Те нямаше да могат да му възразят.

Porque para él sólo había dos clases de trabajadores.

Защото за него имаше само два вида работници.

O bien los trabajadores estaban completamente sanos o bien eran reacios al trabajo.

Или работниците са били напълно здрави, или са се срамували от работа.

¿Y estaría equivocado en ese análisis básico?

И би ли сгрешил дори в този основен анализ?

Ciertamente, en este caso tenía un argumento sólido.

Със сигурност в този случай той имаше силен аргумент.

A pesar de su apariencia, Gregor en realidad se sentía bastante bien.

Въпреки външния си вид, Грегор всъщност се чувстваше доста добре.

El sueño innecesariamente largo lo dejó un poco somnoliento.

Ненужният дълъг сън го направи малко сънлив.

Pero aparte de eso no podía quejarse de enfermedad.

Но освен това не можеше да се оплаче от болест.

Incluso sintió un hambre especialmente fuerte y saludable.

Той дори почувства особено силен и здравословен глад.

Mientras pensaba estos pensamientos el reloj volvió a sonar.

Докато той обмисляше тези мисли, часовникът удари отново.

Según la alarma eran ya las siete menos cuarto.

Според алармата беше седем без петнайсет.

Y ahora también se oyó un suave golpe en la puerta.

И сега се чу и леко почукване на вратата.

—Gregor —lo llamó alguien. Era la madre.

„Грегор“, някой го извика – беше майката.

"Son las siete menos cuarto", confirmó la alarma.

„Седем без петнайсет е“, потвърди тя алармата.

¿No querías irte?, preguntó la suave voz.

„Не искаше ли да си тръгнеш?“ попита нежният глас.

Gregor se asustó cuando oyó su voz respondiendo.

Грегор се уплаши, когато чу гласа си да отговаря.

La voz seguía siendo la voz que siempre tuvo.

Гласът си беше все още същият, който винаги е имал.

Pero ahora había un nuevo sonido mezclado en su voz.

Но сега в гласа му се долавяше нов звук.

Desde lo más profundo de él también salió un doloroso chillido.

Дълбоко от него се чу и болезнено скърцане.

Al principio su voz parecía formar palabras con claridad.

В началото гласът му сякаш изговаряше думите ясно.

Pero entonces Gregor escuchó el eco mental de su voz.

Но тогава Грегор чу мисленото ехо на гласа си.

La grabación de su voz se interrumpió de una manera extraña.

Записът на гласа му се счупи по странен начин.
Y no estaba seguro de si había escuchado las cosas correctamente.
И не беше сигурен дали е чул правилно нещата.
Gregor sintió un profundo deseo de dar una respuesta detallada.
Грегор изпита силно желание да даде подробен отговор.
Quería explicarle todo claramente a su madre.
Той искаше ясно да обясни всичко на майка си.
Pero, dadas las circunstancias, tuvo que limitarse.
Но предвид обстоятелствата, той трябваше да се ограничи.
Y respondió mucho más breve de lo que le hubiera gustado.
И той отговори много по-кратко, отколкото би му се искало.
-Sí madre, no te preocupes, gracias, ya estoy levantado.
„Да, мамо, не се тревожи, благодаря, вече съм станал.“
La puerta de madera probablemente ayudó a amortiguar su voz.
Дървената врата вероятно е помагала да заглуши гласа му.
Desde fuera el cambio en la voz de Gregor pasó desapercibido.
Навън промяната в гласа на Грегор остана незабелязана.
La madre pareció estar satisfecha con su explicación.
Майката изглеждаше доволна от обяснението му.
Y ella se fue de nuevo tan silenciosamente como había llegado.
И тя си тръгна отново също толкова тихо, както беше дошла.
Pero la pequeña conversación tuvo un efecto no deseado.
Но краткият разговор имаше нежелан ефект.
Llamó la atención de los demás miembros de la familia.
Той привлече вниманието на останалите членове на семейството.
Gregor todavía estaba en casa y no había ido a trabajar.
Грегор все още си беше вкъщи и не беше ходил на работа.
Y ahora el padre también llamó a la puerta lateral.
И сега бащата почука и на страничната врата.

Golpeó débilmente, pero decidido, con el puño.

Той почука слабо, но решително с юмрук.

—Gregor, Gregor —gritó—, ¿cuál es el problema?

„Грегор, Грегор“ — извика той — „какъв е проблемът?“

Al cabo de un rato volvió a advertir con voz más grave.

След малко той отново предупреди с по-дълбок глас.

Pero ahora la hermana llamó a la puerta del otro lado.

Но на другата странична врата сестрата почука.

"¿Gregor? ¿No te encuentras bien?", preguntó en voz baja.

„Грегор? Не си ли добре?“, попита тя тихо.

"¿Necesitas algo?" preguntó preocupada.

— Има ли нещо, от което имаш нужда? — попита тя загрижено.

Gregor respondió a ambas partes: "Ya he terminado".

Грегор отговори и на двете страни: „Вече съм приключил.“

Había hecho todo lo posible para pronunciar todas las palabras con cuidado.

Той се беше постарал максимално внимателно да произнася всички думи.

Y eliminó todo lo que era llamativo en su voz.

И той премахна всичко видно от гласа си.

El padre también parecía satisfecho con la respuesta.

Бащата също изглеждаше доволен от отговора.

Y regresó a su desayuno inacabado.

И той се върна към недовършената си закуска.

Pero la hermana susurró: "Gregor, ábreme, te lo ruego".

Но сестрата прошепна: „Грегор, отвори, моля те.“

Pero su preocupación por él no podía conmoverlo de ninguna manera.

Но загрижеността ѝ за него не можеше да го трогне по никакъв начин.

Gregor no tenía intención de abrirle la puerta.

Грегор нямаше намерение да ѝ отваря вратата.

Había adquirido algunos hábitos de cautela al viajar.

Беше придобил някои предпазливи навици от пътуването.

Y se alababa a sí mismo por haber cerrado las puertas.

И той се похвали, че е заключил вратите.

Primero quiso levantarse tranquilamente y a su propio ritmo.

Първо искаше тихо да стане, когато му дойде времето.

Y sin que nadie le molestara quiso vestirse.

И, без да бъде обезпокояван, той искаше да се облече.

Una vez logrado esto, quiso entonces desayunar.

След като постигна това, той искаше да закуси.

Sólo entonces quiso reflexionar más sobre la situación.

Едва тогава той искаше да обмисли ситуацията по-подробно.

Sabía que no tenía sentido hacer planes en la cama.

Той знаеше, че няма смисъл да прави планове в леглото.

Sería imposible llegar a una conclusión sensata.

Стигането до разумен извод би било невъзможно.

Había habido otras ocasiones en las que se despertó con dolores leves.

Имаше и други случаи, в които се събуждаше с леки болки.

Estos dolores siempre resultaban ser pura imaginación.

Тези болки винаги се оказваха чиста плод на въображението.

Al levantarme de la cama el dolor invariablemente desaparecía.

При ставане от леглото болката неизменно отшумяваше.

Tenía curiosidad por ver qué pasaría con esas ideas.

Той беше любопитен да види какво ще се случи с тези идеи.

El cambio en su voz probablemente se debió sólo a un resfriado.

Промяната в гласа му вероятно беше просто от настинка.

Los resfriados son simplemente un riesgo laboral para los viajeros.

Настинките са просто професионален риск за пътуващите.

No tenía ninguna duda de que ésa era la explicación lógica.

Той не се съмняваше, че това е логичното обяснение.

Logró quitarse la manta de encima con facilidad.

Да свали одеялото от себе си беше лесно постижимо.

Lo único que tenía que hacer era inhalar e inflarse.

Всичко, което трябваше да направи, беше да си поеме дъх и да се надуе.

La manta se deslizó de su cuerpo y cayó al suelo.

Одеялото се плъзна от тялото му и се стовари на пода.

Su cuerpo increíblemente ancho dificultaba otras cosas.

Невероятно широкото му тяло затрудняваше други неща.

Habría necesitado brazos y manos para ponerse de pie.

Щеше да му трябват ръце и китки, за да се изправи.

Pero ya no tenía las extremidades que solía tener.

Но той нямаше крайниците, които имаше преди.

En lugar de brazos y manos tenía muchas piernas pequeñas.

Вместо ръце и китки, той имаше много малки крачета.

Y sus piernas se movían constantemente, sin su control.

И краката му постоянно се движеха, без негов контрол.

Intentó doblar una pierna, pero en lugar de eso se estiró.

Той се опита да сгъне единия си крак, но вместо това той се опъна.

Finalmente logró controlar una pierna.

Най-накрая успя да овладее единия си крак.

Pero luego se liberó el movimiento de las otras piernas.

Но след това движението на другите крака се освободи.

Y todas sus piernas se crisparon de extrema excitación.

И всичките му крака потрепнаха от изключителна възбуда.

Primero quería sacar la parte inferior de su cuerpo de la cama.

Първо искаше да извади долната част на тялото си от леглото.

Pero en realidad aún no había visto la parte inferior de su cuerpo.

Но всъщност още не беше видял долната част на тялото си.

Y, de todas formas, resultó demasiado difícil mover esta pieza.

И така или иначе се оказа твърде трудно да се премести тази част.

Finalmente, con todas sus fuerzas, realizó un movimiento salvaje.

Накрая, с всички сили, той направи едно диво движение.

Sin más vacilación, avanzó.

Без повече колебание той тръгна напред.

Pero había elegido la dirección equivocada.

Но той беше избрал грешната посока, в която да се движи.

Golpeó violentamente su cuerpo contra el poste inferior de la cama.

Той силно удари тялото си в долната част на леглото.

El dolor ardiente que sintió le enseñó una valiosa lección.

Парещата болка, която изпитваше, му даде ценен урок.

La parte inferior de su cuerpo era quizás más sensible.

Долната част на тялото му може би беше по-чувствителна.

Entonces intentó sacar primero la parte superior del cuerpo de la cama.

Затова се опита първо да стане от леглото с горната част на тялото си.

Giró cuidadosamente la cabeza en la dirección correcta.

Той внимателно обърна глава в правилната посока.

Y pronto su cabeza estaba mirando hacia el borde de la cama.

И скоро главата му се озова към ръба на леглото.

Este movimiento cauteloso en realidad fue fácil para él.

Това предпазливо движение всъщност му беше лесно.

Y su anchura y peso no detuvieron su movimiento.

И ширината и теглото му не спираха движението му.

La masa de su cuerpo siguió lentamente el giro de la cabeza.

Масата на тялото му бавно следваше завъртането на главата.

Pero luego sostuvo su cabeza sobre el borde de la cama.

Но след това той надвеси глава над ръба на леглото.

Y se enfrentó a un nuevo miedo en el que aún no había pensado.

И се изправи пред нов страх, за който още не беше мислил.

Avanzar más por este camino podría ser peligroso.

По-нататъшното напредване по този начин би могло да бъде опасно.

Había pensado que simplemente se dejaría caer.

Беше си помислил, че просто ще се остави да падне.

Pero sería un milagro si no se lesionara la cabeza.

Но щеше да е чудо, ако не си беше наранил главата.

Ahora no era el momento de arriesgarse a perder el conocimiento.

Сега не беше моментът да рискува да загуби съзнание.

Quizás sería mejor quedarse en la cama después de todo.

Може би все пак ще е по-добре да си остане в леглото.

Pero luego tuvo que hacer el mismo esfuerzo para regresar.

Но след това трябваше да положи същите усилия, за да се върне.

Después de todo ese esfuerzo él estaba tendido allí igual que antes.

След всички тези усилия той лежеше там, както преди.

Y ahora sus piernas parecían incluso más enojadas que antes.

И сега краката му сякаш боляха още повече, отколкото преди.

Los movimientos de sus piernas se habían vuelto aún más incontrolables.

Движенията на крака му станаха още по-неконтролируеми.

No veía manera de salir de la situación en la que se encontraba.

Той не виждаше начин да се измъкне от ситуацията, в която се намираше.

De este caos no fue posible sacar la paz ni el orden.

Мирът и редът не можеха да бъдат извлечени от този хаос.

Pero sabía que quedarse en la cama tampoco era una opción.

Но знаеше, че и оставането в леглото не е вариант.

Sacrificarlo todo era la opción más sensata.

Да пожертвам всичко беше най-разумният вариант.

Se aferró a la más mínima esperanza de levantarse de la cama.

Той се държеше за най-малката надежда да стане от леглото.

Si lo hubiera conseguido, todo riesgo habría valido la pena.

Ако беше успял да го направи, всеки риск щеше да си заслужава.

Pero al mismo tiempo también recordó algo más.

Но в същото време си спомни и нещо друго.

"Mejores que decisiones desesperadas son reflexiones tranquilas."

"По-добри от отчаяни решения са спокойните размисли."

Con todo su esfuerzo centró su mirada en la ventana.

С всичките си усилия той съсредоточи поглед към прозореца.

Pero lo que vio le trajo poca confianza y alegría.

Но това, което видя, му донесе малко увереност и радост.

La niebla de la mañana cubría toda la estrecha calle.

Сутрешната мъгла покриваше цялата тясна улица.

El despertador volvió a sonar; ahora eran las siete.

Будилникът отново иззвъня; сега беше седем часът.

"Ya son las siete y todavía hay mucha niebla."

„Вече е седем часът, а все още има такава мъгла.“

Durante un rato permaneció en silencio, respirando débilmente.

Известно време той лежеше тихо, дишайки само слабо.

Quizás un poco de quietud traería algo de normalidad.

Може би малко тишина би донесла някаква нормалност.

Un silencio absoluto podría provocar las condiciones reales.

Пълната тишина би могла да доведе до реалните условия.

Pero antes de que el reloj volviera a sonar, rompió el silencio.

Но преди часовникът да удари отново, той наруши мълчанието.

"Antes de que el reloj vuelva a sonar, debo levantarme de la cama."

„Преди часовникът да удари отново, трябва да стана от леглото.“

"Para entonces tengo que estar totalmente fuera de la cama."

„Абсолютно трябва да съм станал напълно от леглото
дотогава.“
"Después de las siete y cuarto la oficina enviará a alguien."
„След седем и петнайсет от офиса ще изпратят някого.“
"Porque la oficina abrió antes de las siete."
„Защото офисът отвори преди седем часа.“
Y ahora empezó a balancear su cuerpo fuera de la cama.
И сега той започна да се люлее от леглото.
**Había abandonado el centrarse en la parte superior o
inferior de su cuerpo.**
Той беше престанал да се фокусира върху горната или
долната част на тялото си.
Todo el largo de su cuerpo tuvo que salir de la cama.
Цялата му дължина на тялото трябваше да напусне
леглото.
Caer de esa manera debería proteger su cabeza, pensó.
Падането по този начин би трябвало да предпази главата
му, помисли си той.
Había planeado levantar la cabeza cuando cayera al suelo.
Беше планирал да вдигне глава, когато падне на земята.
**La parte posterior de su cuerpo parecía lo suficientemente
dura para el impacto.**
Задната част на тялото му изглеждаше достатъчно твърда
за удара.
Y la alfombra estaba allí para suavizar el aterrizaje.
А килимът беше там, за да омекоти кацането.
Sin embargo, su mayor preocupación era el fuerte ruido.
Най-голямото му притеснение обаче беше силният шум.
El ruido estrepitoso asustaría a todos en la casa.
Трясъкът би уплашил всички в къщата.
Quizás no les daría miedo el ruido fuerte.
Може би нямаше да се ужасят от силния шум.
Pero seguramente se preocuparían si oyeran eso.
Но със сигурност щяха да се притеснят, ако чуят.
Pero había que correr el riesgo de llamar la atención.
Но рискът да се привлече внимание трябваше да се поеме.
El nuevo método era más un juego que un esfuerzo.

Новият метод беше по-скоро игра, отколкото усилие.

Tuvo que balancear su cuerpo con movimientos bruscos y espasmódicos.

Трябваше да люлее тялото си с резки и откачени движения.

Gregor ya estaba medio levantado de la cama.

Грегор вече беше наполовина станал от леглото.

Ahora se le ocurrió una idea nueva.

Сега му хрумна нова мисъл.

"Todo sería tan fácil si alguien viniera en mi ayuda."

„Всичко щеше да е толкова лесно, ако някой ми се притече на помощ.“

"Dos personas fuertes serían suficientes."

„Двама силни хора биха били напълно достатъчни.“

Su padre y la criada serían lo suficientemente fuertes.

Баща му и прислужницата щяха да бъдат достатъчно силни.

Sólo tendrían que deslizar los brazos bajo su espalda.

Просто щеше да им се наложи да пъхнат ръце под гърба му.

Y luego pudieron sacarlo fácilmente de la cama.

И тогава лесно биха могли да го измъкнат от леглото.

Quizás habrían tenido que bajarle el peso poco a poco.

Може би щеше да се наложи бавно да намалят теглото му.

Ojalá entonces las piernas hubieran encontrado su propósito.

Да се надяваме, че тогава краката щяха да са намерили предназначението си.

¿No sería mejor después de todo pedir ayuda?

„Не би ли било по-добре все пак да извикам за помощ?“

El problema, por supuesto, era que había cerrado las puertas.

Проблемът, разбира се, беше, че той беше заключил вратите.

Había algo en ese pensamiento que le hacía cosquillas.

Имаше нещо в тази мисъл, което го гъделичкаше.

Y a pesar de sus dificultades, no pudo evitar esbozar una sonrisa.

И въпреки трудностите си, той не можа да сдържи усмивката си.

Ya estaba cerca de perder el equilibrio.

Вече беше близо до това да загуби равновесие.

Cada movimiento lo acercaba más a caerse de la cama.

Всяко замахване го доближаваше до това да падне от леглото.

Pronto tendría que tomar la decisión final.

Скоро щеше да се наложи да вземе окончателното решение.

En cinco minutos serían las siete y cuarto.

След пет минути щеше да стане седем и петнайсет.

Mientras pensaba estos pensamientos, sonó el timbre.

Докато обмисляше тези мисли, звънецът на вратата иззвъня.

"Es alguien de la oficina", se dijo.

„Това е някой от офиса“, каза си той.

Y casi se quedó paralizado de miedo ante la visita.

И той почти замръзна от страх заради посетителя.

Sus piernas bailaron aún más salvajemente que antes.

Краката му танцуваха още по-диво от преди.

Pero luego, por un momento, todo quedó en silencio.

Но след това, за миг, всичко остана тихо.

"No abrirán la puerta", se dijo Gregor.

„Няма да отворят вратата“, каза си Грегор.

Todavía estaba atrapado en una esperanza sin sentido.

Той все още беше обзет от някаква безсмислена надежда.

Pero luego, por supuesto, la criada se dirigió a la puerta.

Но тогава, разбира се, прислужницата тръгна към вратата.

Y como siempre, le abrió la puerta al visitante.

И, както винаги, тя отвори вратата на посетителя.

A Gregor le bastó con oír el primer saludo del visitante.

Грегор трябваше само да чуе първия поздрав на посетителя.

Pudo saber inmediatamente quién había venido a buscarlo.

Той веднага можеше да разбере кой е дошъл за него.

El propio jefe de oficina había venido a ver cómo estaba Samsa.

Самият главен чиновник беше дошъл да провери Самса.

¿Por qué Gregor fue el único condenado a este destino?

Защо само Грегор беше осъден на тази съдба?

¿Por qué sólo él tuvo que servir en tal organización?

Защо само той трябваше да служи в такава организация?

El más mínimo descuido despertaba inmediatamente sospechas.

Най-малкият пропуск веднага будеше подозрение.

¿Todos los empleados que trabajaban allí eran unos sinvergüenzas?

Всички служители, които работеха там, мошеници ли бяха?

¿No había entre ellos ninguna persona fiel y devota?

Нямаше ли сред тях верен и предан човек?

¿No podrían haber enviado simplemente un aprendiz?

Не можеха ли просто да изпратят чирак?

¿Era realmente necesario todo este cuestionamiento?

Наистина ли всички тези въпроси бяха необходими?

¿El representante autorizado tenía que venir personalmente?

Трябваше ли упълномощеният представител да дойде лично?

¿Había que informar a toda la familia inocente?

Трябваше ли цялото невинно семейство да бъде информирано?

Todas estas consideraciones impulsaron a Gregor a actuar.

Всички тези съображения подтикнаха Грегор към действие.

Se levantó de la cama con todas sus fuerzas.

Той се измъкна от леглото с всички сили.

Se escuchó un fuerte estallido, pero no era realmente un ruido.

Чу се силен трясък, но всъщност не беше шум.

La caída había sido ligeramente suavizada por la alfombra.

Падането беше леко омекотено от килима.

Su espalda era más elástica de lo que Gregor había pensado.

Гърбът му беше по-еластичен, отколкото Грегор си беше мислил.

Así que el sonido era más apagado y no tan perceptible.

Така звукът беше по-тъп и не толкова забележим.

Pero no había cuidado su cabeza durante la caída.

Но не си беше пазил главата по време на есента.

Y cuando golpeó el suelo también se golpeó la cabeza.

И когато удари земята, той удари и главата си.

Se frotó la cabeza contra la alfombra con rabia y dolor.

Той търкаше глава в килима от гняв и болка.

Pero el gerente de la habitación de al lado escuchó el ruido.

Но управителят в съседната стая чу шума.

"Algo cayó allí", observó correctamente.

„Нещо падна там“, правилно отбеляза той.

Gregor intentó imaginarse al gerente en su situación.

Грегор се опита да си представи управителя на неговото място.

"¿Podría pasarle lo mismo a él?" se preguntó.

„Може ли същото да се случи и с него?“, зачуди се той.

Aceptó que este extraño acontecimiento pudiera ser posible.

Той прие, че това странно събитие е възможно.

Y entonces el jefe de oficina dio unos pasos hacia la habitación.

И тогава главният чиновник направи няколко крачки към стаята.

Fue casi una respuesta burda a la pregunta que hizo.

Това беше почти груб отговор на въпроса, който той зададе.

Sus botas de cuero crujieron cuando se acercó a la puerta.

Кожените му ботуши изскърцаха, докато се приближаваше към вратата.

Desde la habitación de su derecha su criada le susurró:

От стаята отдясно му прислужницата му прошепна нещо.

Gregor, el representante autorizado está aquí.

„Грегор, упълномощеният представител е тук.“

—Lo sé —dijo Gregor, pero sólo en voz baja, para sí mismo.

— Знам — каза Грегор, но само тихо на себе си.

No se atrevió a levantar la voz por encima de un susurro.
Той не смееше да повиши глас над шепот.
Porque Gregor no quería que su hermana lo oyera.
Защото Грегор не искаше сестра му да го чуе.
—Gregor —dijo el padre desde la habitación de la izquierda.
— Грегор — каза бащата от стаята вляво.
"El gerente ha venido a comprobar cuál es el problema".
„Управителят дойде да провери какъв е проблемът.“
"Él te preguntó por qué no saliste en el tren temprano."
„Той попита защо не си тръгнал с ранния влак.“
"No sabemos qué decirle", dijo el padre.
„Не знаем какво да му кажем“, каза бащата.
"Por cierto, también quiere hablar contigo personalmente."
„Между другото, той също иска да говори с теб лично.“
"Por favor, abre la puerta para que pueda hablar contigo."
„Моля те, отвори вратата, за да може да говори с теб.“
"Tendrá la amabilidad de disculpar el desorden en la habitación".
„Той ще бъде така любезен да извини за бъркотията в стаята.“
"Buenos días, señor Samsa", le saludó el gerente.
— Добро утро, господин Самса — извика му управителят.
Y ciertamente le habló de manera amistosa.
И със сигурност му говореше приятелски.
"No está bien", le dijo la madre al gerente.
„Не е добре“, каза майката на управителя.
"No se encuentra bien en absoluto, créame, querido gerente."
„Той изобщо не е добре, повярвайте ми, скъпи управителю.“
¿Por qué si no, Gregor perdería el tren de la mañana?
„Защо иначе Грегор би изпуснал сутрешния влак?“
"El chico no tiene nada en la cabeza excepto el negocio."
„Момчето няма нищо на ума си, освен работата.“
"Casi me molesta que no haga nada más".
„Почти ме дразни, че не прави нищо друго.“
"Me gustaría que saliera por las noches a tomar aire fresco".
„Жалко, че не излизаше вечер на чист въздух.“

"Estuvo en la ciudad ocho días por negocios."
„Той беше в града осем дни по работа.“
"Pero él estaba en casa todas esas noches"
„Но тогава той си беше вкъщи всяка от тези вечери“
"Se sienta en nuestra mesa y lee el periódico".
„Той седи на нашата маса и чете вестника.“
"En otras ocasiones, estudia los horarios de los trenes."
„В други случаи той изучава разписанията на влаковете.“
"A veces se mantiene ocupado con la carpintería".
„Понякога се занимава с дърводелство.“
"Por ejemplo, talló un pequeño marco de madera para cuadros".
„Например, той е издълбал малка дървена рамка за картина.“
"Estuvo ocupado con la sierra durante dos o tres tardes".
„В продължение на две или три вечери той беше зает с триона.“
"Te sorprenderá lo bonito que es el marco de fotos".
Ще се изумите колко красива е рамката на картината.
"Ha colgado el marco de fotos en su habitación."
„Той е окачил рамката на картината в стаята си.“
"Cuando abra la puerta veréis su carpintería."
„Когато отвори вратата, ще видите дърводелските му изделия.“
"Por cierto, me alegro de que esté aquí, señor Prokurist".
„Между другото, радвам се, че сте тук, господин Прокурист.“
"Solos no habríamos podido lograr que Gregor abriera la puerta."
„Сами не бихме могли да накараме Грегор да отвори вратата.“
"Es muy terco", le confesó su madre al empleado.
„Той е толкова инатлив“, призна майка му на служителя.
"Ciertamente está enfermo, aunque antes lo negó".
„Той със сигурност не е добре, въпреки че го отричаше преди.“

"Estaré allí enseguida", dijo Gregor lentamente y con cuidado.

— Веднага идвам — каза Грегор бавно и внимателно.

Pero no hizo ningún movimiento hacia la puerta de la habitación.

Но той не направи никакво движение към вратата на стаята.

No quería perderse ni una palabra de la conversación.

Не искаше да загуби нито дума от разговора.

El secretario jefe estuvo de acuerdo con la evaluación de la madre.

Главният чиновник се съгласи с оценката на майката.

-Tampoco puedo explicarlo de otra manera, señora.

— И аз не мога да го обясня по друг начин, госпожо.

"Esperemos que no tenga ninguna enfermedad grave", dijo.

„Нека всички се надяваме, че няма сериозно заболяване“, каза той.

"Por otro lado, es un peligro en nuestra industria".

„От друга страна, това е риск в нашата индустрия.“

"Nosotros, los empresarios, a menudo tenemos que superar el malestar."

„Ние, бизнесмените, често трябва да преодоляваме дискомфорта.“

"Los profesionales simplemente tienen que aguantar los dolores leves".

„Професионалистите просто трябва да се справят с леки болки.“

Mientras tanto su padre volvió a llamar a la otra puerta.

Междувременно баща му отново почука на другата врата.

"¿Puede entrar ahora el jefe de oficina?" quiso saber.

„Може ли главният чиновник да влезе сега?“, искаше да знае той.

"No, no puede", respondió Gregor a la pregunta de su padre.

„Не, не може“, отговори Грегор на въпроса на баща си.

Un silencio incómodo cayó en la habitación de la izquierda.

В стаята отляво се възцари неловка тишина.

En la habitación de la derecha la hermana comenzó a sollozar.

В стаята отдясно сестрата започна да ридае.

¿Por qué la hermana no se había ido a estar con los demás?

Защо сестрата не беше отишла да бъде с останалите?

Probablemente acababa de levantarse de la cama, pensó.

Вероятно току-що беше станала от леглото, помисли си той.

Es posible que ni siquiera haya empezado a vestirse todavía.

Може дори още да не е започнала да се облича.

Pero Gregor no podía entender por qué ella lloraba.

Но Грегор не можеше да разбере защо тя плаче.

¿Fue porque no se levantó y dejó entrar al gerente?

Дали беше защото не стана и не пусна управителя вътре?

¿Fue porque estaba en peligro de perder su trabajo?

Дали беше защото беше в опасност да загуби работата си?

¿Podría el jefe venir a buscar a los padres como antes?

Може ли шефът да дойде след родителите, както преди?

¿Iba a volver a hacerles las mismas exigencias de siempre?

Дали щеше да им отправи отново старите искания?

Estas cosas probablemente no hacían que hubiera que preocuparse.

Вероятно не е трябвало да се тревожим за тези неща.

Por el momento no tenía motivos para llorar.

Засега тя нямаше причина да плаче.

Gregor todavía estaba allí, manteniendo a la familia.

Грегор все още беше тук и се грижеше за семейството.

Y nunca tuvo intención de abandonar a la familia.

И никога не е имал намерение да напуска семейството.

Por el momento, simplemente permaneció tendido sobre la alfombra.

Засега той просто лежеше там на килима.

La familia desconocía la condición en la que se encontraba.

Семейството не е знаело в какво състояние е бил той.

Si lo hubieran sabido no habrían animado a su jefe.

Ако бяха знаели, нямаше да насърчат шефа му.

Ni siquiera habrían dejado entrar al gerente a la casa.

Те дори не биха пуснали управителя в къщата.

No habría sido particularmente grosero rechazarlo.

Да го отблъснеш нямаше да е особено грубо.

Fácilmente podría haber encontrado una excusa adecuada más tarde.

Той лесно би могъл да си намери подходящо извинение по-късно.

No era algo por lo que lo hubieran podido despedir.

Това не беше нещо, за което можеше да бъде уволнен.

Gregor pensó que ahora sería más sensato que lo dejaran solo.

Грегор смяташе, че сега би било по-разумно да го оставят сам.

Molestarlo con llantos y conversaciones no sirvió de mucho.

Безпокоенето му с плач и говорене не постигна много.

Pero fue la incertidumbre lo que molestó a los demás.

Но именно несигурността тревожеше останалите.

Y fue esta incertidumbre la que justificó su comportamiento.

И именно тази несигурност извиняваше поведението им.

—¡Señor Samsa! —gritó el gerente en voz alta.

— Господин Самса — извика управителят с повишен глас.

"¿Qué te pasa?" quiso saber.

„Какво става с теб?“, искаше да знае той.

"Te has atrincherado en tu habitación."

„Забарикадирал си се в стаята си.“

"Solo puedes responder con un 'sí' o un 'no'."

„Отговаряте само с „да“ или „не“.“

"Estás causando serias preocupaciones a tus padres."

„Създаваш сериозни тревоги на родителите си.“

"No veo ninguna buena razón para preocuparlos".

„Не виждам основателна причина защо бихте ги тревожили.“

"Hay otra cosa más que mencionaré de paso."

„Има още нещо, което ще спомена между другото.“

"También estás descuidando tus obligaciones comerciales hacia nosotros".

„Вие също така пренебрегвате служебните си задължения към нас.“

"Esa irresponsabilidad está totalmente fuera de tu carácter".

„Подобна безотговорност е напълно нетипична за теб.“

"Hablo aquí en nombre de tus padres y de tu jefe".

„Говоря тук от името на вашите родители и вашия шеф.“

"Y os pido una explicación inmediata y clara."

„И ви моля за незабавно и ясно обяснение.“

"Todo esto realmente me sorprende, debo decir".

„Трябва да призная, че цялата тази работа наистина ме изумява.“

"Pensé que te conocía como una persona tranquila y razonable."

„Мислех, че те познавам като спокоен и разумен човек.“

"Pero ahora nos estás mostrando un lado diferente de ti".

„Но сега ни показваш различна страна от себе си.“

"De repente estás mostrando tus caprichos tan peculiares."

„Изведнъж проявяваш своите много странни капризи.“

"Pero podría haber una explicación para tu fracaso".

„Но може да има обяснение за твоя неуспех.“

"El jefe mencionó una deuda que usted había cobrado para nosotros."

„Шефът спомена за дълг, който сте ни събрали.“

"Le di al jefe mi palabra de honor en tu nombre".

„Дадох честната си дума на шефа от ваше име.“

"Pero ahora veo tu incomprensible terquedad."

„Но сега виждам твоя неразбираем инат.“

"Aún podría perder todo mi deseo de ayudarte."

„Може би все пак ще загубя всяко желание да ти помогна.“

"Su seguridad laboral no es en absoluto totalmente estable".

„Сигурността на работното ви място в никакъв случай не е напълно стабилна.“

"Originalmente tenía la intención de contarte todo esto en privado".

„Първоначално възнамерявах да ти кажа всичко това насаме.“

"Pero ahora veo que quieres que pierda mi tiempo aquí".

„Но сега виждам, че искаш да си губя времето тук."

"Así que no veo ninguna razón por la que tus padres no deberían saberlo."

„Така че не виждам причина родителите ти да не знаят."

"Su desempeño reciente no ha sido satisfactorio."

„Последните ви постижения не бяха задоволителни."

"Reconozco que las ventas son más lentas en esta época del año".

„Признавам, че продажбите са по-бавни по това време на годината."

"Pero no hay época del año en que no haya ventas".

„Но няма време от годината, в което да няма продажби."

Por un momento Gregor olvidó todo lo que le rodeaba.

За миг Грегор забрави всичко около себе си.

—¡Pero señor Prokurist! —gritó Gregor desesperado.

— Но господин Прокурист! — извика отчаяно Грегор.

"Abriré la puerta enseguida, ahora mismo, no te preocupes."

„Ще отворя вратата веднага, точно сега, не се тревожи."

"El problema es que me he estado sintiendo bastante mal."

„Проблемът е, че се чувствам доста зле."

"Mi mareo me impidió llegar a la puerta."

„Замаяността ми ми попречи да стигна до вратата."

"Todavía estoy en cama, pero me siento mucho mejor."

„Все още лежа в леглото, но се чувствам много по-добре."

"Un momento por favor, me estoy levantando de la cama."

„Един момент, моля, тъкмо ставам от леглото."

"Un momento de paciencia es todo lo que pido, señor Prokurist."

„Моля само за миг търпение, господин Прокурист."

"No va tan bien como pensaba, pero estaré bien".

„Не върви толкова добре, колкото си мислех, но ще се оправя."

"¿Cómo puede sucederle algo así a una persona tan rápidamente?"

„Как е възможно такова нещо да се случи на човек толкова бързо?"

"Me sentí bien anoche, mis padres lo saben."

„Чувствах се добре снощи, родителите ми знаят това.“

"Pero quizá ya tuve una pequeña premonición entonces."

„Но може би тогава вече имах едно малко предчувствие.“

"Quizás te preguntes por qué no lo reporté en la oficina".

„Може би ще попитате защо не го съобщих в офиса.“

"Pensé que me sentiría mucho mejor por la mañana".

„Мислех, че на сутринта ще се чувствам много по-добре отново.“

"Uno siempre piensa que para entonces ya habrá superado la enfermedad."

„Човек винаги си мисли, че дотогава ще победи болестта.“

"¡Pero por favor! ¡Libera a mis padres de estas acusaciones!"

„Но моля те! Пощади родителите ми от тези обвинения!“

"No me han dicho ni una palabra de lo que me contaste."

„Не са ми казали и дума за това, което ти ми каза.“

"Puede que no hayas leído las últimas órdenes que envié".

„Може би не сте прочели последните заповеди, които изпратих.“

"Por cierto, no tienes que preocuparte por mí hoy."

„Между другото, днес не е нужно да се тревожиш за мен.“

"Aun así voy a tomar el tren de las ocho."

„Все пак ще взема влака в осем часа.“

"Las pocas horas de descanso me han fortalecido bastante".

„Няколкото часа почивка ме подкрепиха достатъчно.“

"Realmente no hay necesidad de esperar, gerente."

„Наистина няма нужда да чакате, управителю.“

"Yo también estaré en la oficina muy pronto."

„И аз скоро ще бъда в офиса.“

"Y por favor, ten la amabilidad de decirme algo bueno".

„И моля те, бъди така добър да кажеш добра дума за мен.“

Gregor había pronunciado su explicación con bastante precipitación.

Грегор беше изрекъл обяснението си доста прибързано.

Apenas sabía lo que realmente estaba tratando de decir.

Той едва ли знаеше какво всъщност се опитва да каже.

Se acercó a la caja y trató de usarla para ponerse de pie.

Той отиде до кутията и се опита да се изправи с нея.
Realmente tenía toda la intención de abrir la puerta.
Той наистина имаше пълното намерение да отвори
вратата.
Quería ser visto por el representante autorizado.
Той искаше да бъде видян от упълномощения
представител.
Y quería resolver el problema con él personalmente.
И искаше да реши проблема лично с него.
**Estaba ansioso por saber cómo reaccionarían los demás ante
él.**
Той беше нетърпелив да знае как ще реагират останалите
на него.
Ya deben estar ansiosos por ver cómo está.
Те вече сигурно също са нетърпеливи да видят как е той.
**Había dos formas posibles en las que podían reaccionar ante
él.**
Имаше два възможни начина, по които можеха да
реагират на него.
Una posibilidad era que estuvieran asustados.
Една от възможностите беше, че щяха да се уплашат.
**Si estaban asustados entonces él no tenía ninguna
responsabilidad.**
Ако бяха уплашени, той не носеше отговорност.
Y entonces no tendría que preocuparse por la situación.
И тогава нямаше да се налага да се тревожи за ситуацията.
Pero también había otra posibilidad en la que pensar.
Но имаше и друга възможност, за която да се помисли.
Quizás aceptarían con calma su forma de ser.
Може би щяха спокойно да го приемат такъв, какъвто е.
Entonces Gregor tampoco tendría motivos para enojarse.
Тогава и Грегор нямаше да има причина да се разстройва.
Todavía habría tiempo suficiente para coger el tren.
Все още щеше да има достатъчно време да хвана влака.
Sin embargo, mantenerse en pie no fue una tarea fácil.
Обаче, стоенето изправено никак не беше лесна задача.
En sus primeros intentos se resbaló de la caja.

При първите си няколко опита той се изплъзна от кутията.

La caja era demasiado lisa para que él pudiera apoyarse contra ella.

Кутията беше твърде гладка, за да може той да се облегне на нея.

Y finalmente se dio un último empujón para ponerse de pie.

И най-накрая той си даде последен тласък, за да се изправи.

Ya no le prestó más atención al dolor en su abdomen.

Той вече не обръщаше внимание на болката в корема си.

No importaba cuánto dolor sintiera, él lo superaría.

Без значение колко силна е болката, той щеше да я преодолее.

Se dejó caer contra el respaldo de una silla cercana.

Той се отпусна върху облегалката на близкия стол.

Y se agarró a los bordes con sus pequeñas piernas.

И той се държеше за краищата с малките си крачета.

En ese momento ya tenía más control de sí mismo.

В този момент той беше придобил по-голям контрол над себе си.

Y su caída fue más silenciosa que la anterior.

И падането му беше по-тихо от предишното.

Porque tenía que escuchar lo que decía el gerente.

Защото трябваше да слуша какво казва управителят.

¿Entendieron algo de eso?, preguntó a los padres.

„Разбрахте ли нещо от това?", попита той родителите.

"No se burlaría de nosotros, ¿verdad?"

— Нямаше да ни изкара на глупаци, нали?

—¡Por Dios! —gritó la madre, ya llorando.

„За бога!" – извика майката, вече плачейки.

"Puede que esté gravemente enfermo y lo estamos atormentando".

„Може да е сериозно болен и ние го измъчваме."

"¡Grete! ¡Grete!", le gritó a la hija.

„Грете! Грете!", изкрещя тя на дъщеря си.

"¿Mamá?" llamó la hermana desde el otro lado.

„Майко?" извика сестрата от другата страна.
Luego se comunicaron a través de la habitación de Gregor.
След това те общуваха през стаята на Грегор.
Gregor está muy enfermo y necesita medicamentos.
Грегор е много болен и има нужда от лекарства.
"Tendrás que ir al médico inmediatamente."
„Ще трябва незабавно да отидете на лекар."
¿Escuchaste cómo habló Gregor hace un momento?
— Чу ли как Грегор говори току-що?
"Esa era la voz de un animal", dijo el gerente.
„Това беше глас на животно", каза управителят.
Sus palabras eran silenciosas comparadas con los gritos de la madre.
Думите му бяха тихи в сравнение с писъците на майката.
—¡Anna! ¡Anna! —llamó el padre desde la antesala.
„Ана! Ана!" — извика бащата през преддверието.
Y aplaudió para llamar su atención.
И той пляскаше с ръце, за да привлече вниманието им.
"¡Llama a un cerrajero inmediatamente!" le ordenó a la criada.
„Веднага извикай ключар!", нареди той на прислужницата.
Las muchachas, con sus faldas, corrían por la antesala.
Момичетата, по поли, тичаха през преддверието.
Y sus faldas crujieron mientras corrían frente a su habitación.
И полите им шумоляха, докато тичаха покрай стаята му.
"¿Cómo se vistió la hermana tan rápido?" pensó.
„Как сестрата се облече толкова бързо?", помисли си той.
La puerta se abrió de golpe, pero no se cerró de golpe.
Вратата беше отворена с трясък, но не беше затръшната.
Esto es común en los hogares donde ocurre una gran desgracia.
Това е често срещано в домове, където се случва голямо нещастие.
Pero todo esto había hecho que Gregor se volviera mucho más tranquilo.

Но всичко това накара Грегор да се успокои значително.

Cuando escuchó sus propias palabras le parecieron claras.

Когато чу собствените си думи, те му се сториха ясни.

De hecho, sintió que sus palabras habían sido más claras.

Всъщност той чувстваше, че думите му са били по-ясни.

Pero los demás ya no entendían lo que decía.

Но останалите вече не разбираха какво казва.

Quizás ya se había acostumbrado a sus oídos.

Може би вече беше свикнал с ушите си.

Pero al menos ahora entendían mejor su situación.

Но поне сега разбираха по-добре положението му.

Se dieron cuenta de que realmente había algo mal con él.

Те осъзнаха, че наистина има нещо нередно с него.

Y ahora estaban haciendo todo lo que podían para ayudarlo.

И сега правеха всичко възможно, за да му помогнат.

Esto le dio a Gregor una sensación de confianza que le faltaba.

Това даде на Грегор чувство на увереност, което му липсваше.

Y se sintió nuevamente mucho más seguro en la familia.

И той се чувстваше отново много по-сигурен в семейството.

Se sintió incluido nuevamente en el círculo humano.

Той чувстваше, че отново е част от човешкия кръг.

Ahora tenía que esperar que el cerrajero pudiera abrir la puerta.

Сега трябваше да се надява, че ключарят ще може да отвори вратата.

Y esperaba que el médico pudiera realizar tales tareas.

И той се надяваше, че лекарят може да изпълнява подобни задачи.

Pronto tendría que hablar más.

Скоро щеше да му се наложи да говори още.

Su voz tendría que ser lo más clara posible.

Гласът му трябваше да бъде възможно най-ясен.

Para prepararse para la reunión se aclaró la garganta.

За да се подготви за срещата, той се прокашля.

Sin embargo, hizo todo lo posible para toser muy silenciosamente.
Въпреки това, той се постара да кашля съвсем тихо.
El ruido podría haber sonado diferente a una tos humana.
Шумът може да е звучал различно от човешка кашлица.
Sabía que ya no podía diferenciar esas cosas.
Той знаеше, че вече не може да различи подобни неща.
En la habitación contigua reinaba un silencio absoluto.
В съседната стая беше станало напълно тихо.
Los padres probablemente estaban sentados a la mesa.
Родителите вероятно са седели на масата.
Quizás estaban susurrando con el gerente.
Може би са си шепнали с управителя.
Quizás todos estaban apoyados en la puerta y escuchando.
Може би всички бяха облегнали глава на вратата и слушаха.
Gregor empujó lentamente la silla hacia la puerta.
Грегор бавно бутна стола към вратата.
Empujó la puerta y se mantuvo en pie.
Той се бутна към вратата и се изправи.
Se enteró de que las almohadillas de sus pies tenían un poco de pegamento.
Той научи, че възглавничките на краката му имат малко лепило.
Y descansó allí un momento del esfuerzo.
И той си почина там за момент от усилието.
Después de descansar lo suficiente, comenzó con la siguiente tarea.
След като си почина достатъчно, той се зае със следващата задача.
Empezó a girar la llave en la cerradura con la boca.
Той започна да върти ключа в ключалката с уста.
Desafortunadamente, parecía que no tenía dientes reales.
За съжаление, изглеждаше, че той няма истински зъби.
¿Pero qué otra forma tenía de conseguir las llaves?
Но какъв друг начин имаше да грабне ключовете?

Afortunadamente para él, sus mandíbulas eran, por supuesto, muy fuertes.

За щастие за него, челюстите му, разбира се, бяха много силни.

Con la ayuda de sus mandíbulas realmente consiguió mover la llave.

С помощта на челюстите си той наистина задвижи ключа.

No tenía ninguna duda de que él también se estaba haciendo daño.

Той нямаше никакво съмнение, че и сам си причинява вреда.

Porque de su boca salía un líquido marrón.

Защото от устата му излизаше кафява течност.

El líquido marrón fluyó sobre la llave y por la puerta.

Кафявата течност се стичаше по ключа и надолу по вратата.

Pero a Gregorio no le importaba hacerse daño a sí mismo.

Но на Грегор не му пукаше, че си вреди.

"¿Puedes oír eso?" dijo el gerente en la habitación de al lado.

„Чуваш ли това?“, каза управителят в съседната стая.

"Está girando la llave", había notado el gerente.

„Той завърта ключа“, беше забелязал управителят.

Estas palabras fueron un gran estímulo para Gregor.

Тези думи бяха голямо насърчение за Грегор.

Pero el padre y la madre también deberían haber gritado:

Но бащата и майката също трябваше да извикат:

«¡Bien, Gregor!», deberían haberle gritado.

„Браво, Грегор“, трябваше да му извикат.

"Sigue adelante, sigue girando esa llave, puedes lograrlo".

„Продължавай, продължавай да завърташ ключа, можеш да го направиш.“

Pero Gregor tuvo que imaginarse su emoción.

Но вместо това Грегор трябваше да си представи вълнението им.

Apretó las mandíbulas con toda la fuerza que tenía.

Той стисна челюсти с всичка сила, която имаше.

Y continuó girando la llave en la cerradura.

И той продължи да върти ключа в ключалката.
Dolorosamente su cuerpo se retorció en un círculo.
Болезнено тялото му се изви в кръг.
Ahora se mantenía erguido únicamente con la boca.
Сега се държеше изправен само с устата си.
Para seguir girando la llave presionó contra la puerta.
За да продължи да върти ключа, той натисна вратата.
Finalmente el chasquido de la cerradura despertó de nuevo a Gregor.
Накрая щракването на ключалката отново събуди Грегор.
"Así que no necesité al cerrajero", suspiró aliviado.
„Значи не ми трябваше ключарят" – въздъхна той с облекчение.
Ahora sólo faltaba abrir la puerta que había desbloqueado.
Сега просто трябваше да отвори вратата, която беше отключил.
Y con la cabeza en el pomo abrió la puerta.
И с глава на дръжката той отвори вратата.
Estaba detrás de la puerta que daba a su habitación.
Той беше зад вратата, която водеше към стаята му.
Así que la puerta ya estaba abierta antes de que pudiera ser visto.
Значи вратата вече беше отворена, преди да може да бъде видян.
A continuación tuvo que maniobrar para rodear la puerta.
След това трябваше сам да маневрира около вратата.
Este difícil movimiento también requirió mucho esfuerzo.
Това трудно движение също изискваше много усилия.
No quería caer torpemente en la habitación contigua.
Не искаше да падне тромаво в съседната стая.
Así que no tuvo tiempo de prestar atención a nada más.
Така че нямаше време да обръща внимание на нищо друго.
Pero entonces oyó al jefe de oficina exclamar en voz alta: "¡Oh!".
Но тогава чу главния чиновник да изрича силно „О!"
Sonaba como si el viento corriera a través de la casa.

Звучеше сякаш вятърът пронизваше къщата.

Resultó que él era el que estaba más cerca de la puerta.

Случайно се оказа, че той е най-близо до вратата.

Y al verlo, se llevó la mano a la boca.

И сега, като го видя, той притисна ръка към устата си.

Se movió lentamente hacia atrás, alejándose de Gregor.

Той бавно се отдръпна назад, далеч от Грегор.

Pero era como si una fuerza invisible actuara sobre él.

Но сякаш някаква невидима сила действаше върху него.

Lo primero que hizo la madre fue mirar al padre.

Първото нещо, което майката направи, беше да погледне бащата.

A pesar de la presencia del gerente, su cabello estaba despeinado.

Въпреки присъствието на управителя, косата ѝ беше разрошена.

Desplegó los brazos y dio dos pasos hacia adelante.

Тя разпери ръце и направи две крачки напред.

Pero entonces se desplomó en medio de su falda.

Но тогава тя се свлече насред полата си.

Su vestido se extendió a su alrededor en el suelo.

Роклята ѝ се разпростря около нея по пода.

Y su cabeza desapareció sobre sus propios pechos.

И главата ѝ изчезна върху собствените ѝ гърди.

El padre apretó el puño con expresión hostil.

Бащата стисна юмрук с враждебно изражение.

Parecía querer que Gregor fuera empujado de nuevo a su habitación.

Изглеждаше сякаш искаше Грегор да бъде набутан обратно в стаята му.

Luego miró con incertidumbre alrededor de la sala de estar.

След това той огледа несигурно хола.

Y finalmente se cubrió los ojos entre las manos.

И накрая той закри очи с ръце.

Y lloró amargamente hasta que su poderoso pecho se estremeció.

И той плака горчиво, докато могъщите му гърди се разтресоха.

Gregor en realidad no entró en su habitación.

Грегор всъщност изобщо не влезе в стаята им.

En lugar de eso, se apoyó contra el marco de la puerta.

Вместо това той се облегна на рамката на вратата.

Para los que estaban desde fuera solo era visible la mitad de su cuerpo.

Само половината от тялото му беше видима за тези отвън.

Y encima de su cuerpo estaba su cabeza, inclinada hacia un lado.

А върху тялото му лежеше главата му, наклонена настрани.

Para entonces la luz se había vuelto mucho más brillante que antes.

По това време светлината беше станала много по-ярка от преди.

Ahora se podía ver claramente el otro lado de la calle.

Сега човек можеше ясно да види другата страна на улицата.

Apareció una sección del interminable y gris hospital.

Разкри се част от безкрайната, сива болница.

La lluvia de la mañana aún no había parado del todo de caer.

Сутрешният дъжд все още не беше спрял да вали напълно.

Pero ahora las gotas de lluvia eran más grandes y estaban más separadas.

Но сега дъждовните капки бяха по-големи и по-далеч една от друга.

Los platos del desayuno estaban en abundancia en la mesa.

Ястията за закуска бяха на масата в изобилие.

El padre pensaba que el desayuno era la comida más importante.

Бащата смятал закуската за най-важното хранене.

El desayuno era una comida que se prolongaba durante horas.

Закуската беше хранене, което той проточи с часове.

Y en esas horas leía los distintos periódicos.

И в тези часове той четеше различни вестници.

Justo en la pared opuesta colgaba una fotografía de Gregor.

Точно на отсрещната стена висеше снимка на Грегор.

La fotografía en la pared lo mostraba como teniente.

Снимката на стената го изобразяваше като лейтенант.

Era una fotografía de su época en el ejército.

Това беше снимка от времето, което прекара в армията.

Su mano estaba sobre su espada y tenía una sonrisa despreocupada.

Ръката му беше върху меча, а усмивката му беше безгрижна.

Su postura y su uniforme exigían cierto respeto.

Позата и униформата му изискваха известно уважение.

La otra puerta que conducía a la antesala también estaba abierta.

Другата врата, която водеше към преддверието, също беше отворена.

Y la puerta del apartamento todavía estaba abierta también.

И вратата на апартамента все още беше отворена.

Se podía ver hasta el patio delantero del apartamento.

Човек можеше да вижда чак до предния двор на апартамента.

Y luego las escaleras conducían a la calle de abajo.

И тогава стълбите водеха надолу към улицата отдолу.

Gregor fue el único que mantuvo la compostura.

Грегор беше единственият, който успя да запази самообладание.

Él vio esto, por lo que la conversación era su responsabilidad.

Той видя това, така че разговорът беше негова отговорност.

"Bueno, ahora me voy a vestir para ir a trabajar", dijo.

„Ами, сега ще се облека за работа“, каза той.

"Después de haber empaquetado las muestras textiles, me iré."

„След като опаковам мострите от текстил, ще си тръгна.“

"¿Aún tiene intención de dispararme, señor Prokurist?"

„Все още ли възнамерявате да ме уволните, господин
Прокурист?"
"Como puedes ver, no soy tan terco como pensabas."
„Както виждаш, не съм толкова упорит, колкото си
мислеше."
"Y puedes ver que después de todo me gusta trabajar".
„И виждаш, че все пак обичам да работя."
"Puedo admitir que viajar por trabajo no es fácil".
„Мога да призная, че пътуването по работа не е лесно."
"Pero también puedo aceptar que es parte de mi trabajo".
„Но мога да приема и това, че е част от работата ми."
"Gerente, ¿adónde va? ¿De vuelta a la oficina?"
„Управител, къде отиваш? Обратно в офиса?"
"¿Informarás verazmente de todo lo que has visto?"
„Ще разкажете ли честно всичко, което сте видели?"
"A veces sucede que uno no puede ir a trabajar."
Понякога се случва човек да не може да ходи на работа.
"Este es el momento adecuado para recordar los logros
pasados".
„Това е подходящият момент да си спомним за миналите
постижения."
"Después de eliminar la dificultad, uno trabaja aún mejor."
„След като се премахне трудността, човек работи още по-
добре."
"Mi diligencia y concentración aumentarán".
„Моето старание и концентрация ще се увеличат."
"Sabes muy bien que estoy en deuda con el jefe."
„Много добре знаеш, че съм задължен на шефа."
"Pero también estoy preocupada por mis padres y mi
hermana".
„Но също така се тревожа за родителите си и сестра си."
"Estoy en una situación difícil, pero encontraré la manera de
salir de ella".
„В затруднено положение съм, но ще се справя с
проблема."
"No hagas esto más difícil de lo que ya es."
„Не прави това по-трудно, отколкото вече е."

"Como compañeros de trabajo también tenemos que ayudarnos unos a otros".

„Като колеги, ние също трябва да си помагаме.“

"Sé que a los trabajadores de oficina no les gustan los viajeros".

„Знам, че служителите в офиса не харесват пътешествениците.“

"¿Crees que ganamos una fortuna y llevamos una buena vida?"

„Мислиш, че печелим цяло състояние и водим добър живот.“

"No tienen ningún motivo real para considerar sus prejuicios".

„Те нямат реална причина да се замислят за предразсъдъците си.“

"Pero usted, oficial autorizado, tiene un papel diferente."

„Но вие, упълномощен служител, имате различна роля.“

"Tienes una mejor visión general que el resto del personal".

„Имате по-добра представа от останалите служители.“

"De hecho, creo que probablemente tengas la mejor visión general".

„Всъщност мисля, че може би имате най-добра обща представа.“

"Tienes una visión mejor que el propio jefe".

„Имаш по-добра представа от самия шеф.“

"Admito que el jefe hace el trabajo empresarial".

„Признавам, че шефът наистина върши предприемаческата работа.“

"Pero es fácil que sus juicios sean erróneos."

„Но е лесно преценките му да бъдат подведени.“

"Y estos pequeños errores de juicio pueden ser en nuestro detrimento".

„И тези малки погрешни преценки могат да бъдат в наша вреда.“

"Ya sabes lo fácil que es hablar del viajero."

„Знаеш колко лесно е да се говори за пътешественика.“

"Él no está allí para defender su reputación de los chismes".

„Той не е там, за да защитава репутацията си от клюки.“
"Esas acusaciones pueden fácilmente ser meras coincidencias".
„Тези обвинения лесно могат да бъдат просто съвпадения.“
"Muchas quejas ni siquiera tienen su base en ninguna verdad."
„Много оплаквания дори не се основават на никакви истини.“
"Está fuera de la oficina casi todo el año."
„Той отсъства от офиса почти през цялата година.“
¿Qué posibilidades tiene de defender su propia reputación?
„Какъв шанс има той да защити собствената си репутация?“
"Ni siquiera se entera de las acusaciones".
„Той дори не успява да чуе за обвиненията.“
"Se entera de lo que se ha dicho cuando ya es demasiado tarde."
„Той разбира какво е било казано, когато е твърде късно.“
A estas alturas ya está exhausto por el viaje del día.
„До този момент той е изтощен от еднодневното пътуване.“
"De todos modos, tendrá que experimentar las terribles consecuencias".
„Той така или иначе трябва да преживее ужасните последици.“
"Aunque no tiene forma de entender el problema."
„Въпреки че няма начин да разбере проблема.“
"Oh, gerente, no se vaya sin decirme una palabra".
„О, управителю, не си тръгвайте, без да ми кажете и дума.“
"Al menos dime que estás de acuerdo conmigo en parte."
„Поне ми кажи, че отчасти си съгласен с мен.“
Pero el manager se había alejado de Gregor mucho antes.
Но мениджърът се беше отвърнал от Грегор много по-рано.
Su hombro se contrajo cuando volvió a mirar a Gregor.

Рамото му потрепна, когато погледна отново към Грегор.

Y no se quedó quieto ni un solo momento durante su discurso.

И той не замръзна нито веднъж по време на речта.

Él había mirado a Gregor con los labios fruncidos.

Той гледаше Грегор със стиснати устни.

Se había ido retirando gradualmente hacia la puerta.

Той бавно се оттегляше към вратата.

Pero tampoco podía apartar la mirada de Gregor.

Но той не можеше да откъсне поглед и от Грегор.

Sintió como si hubiera una prohibición secreta de salir de la habitación.

Той чувстваше, че има тайна забрана да напуска стаята.

Pero a estas alturas ya estaba en el vestíbulo de entrada.

Но по това време той вече беше във входното антре.

Y ahora hizo un movimiento repentino hacia la salida.

И сега той направи рязко движение към изхода.

Extendió su mano derecha hacia las escaleras.

Той протегна дясната си ръка към стълбите.

Quizás una fuerza sobrenatural estaba esperando para salvarlo.

Може би свръхестествена сила чакаше да го спаси.

Gregor sabía que no podía permitir que se fuera así.

Грегор знаеше, че не може да го остави да си тръгне така.

El gerente no debe regresar con el mismo humor en el que estaba.

Мениджърът не трябва да се връща в настроението, в което беше.

La seguridad del trabajo de Gregor estaba en grave peligro.

Сигурността на работата на Грегор беше силно застрашена.

Los padres no podían comprender plenamente todo esto.

Родителите не можеха напълно да разберат всичко това.

Con los años se habían acostumbrado a su seguridad laboral.

През годините бяха свикнали със сигурността на работното му място.

Y se convencieron de que tenía el trabajo de por vida.

И те се бяха убедили, че той има работата доживот.

En lugar de eso, se habían ocupado de otras preocupaciones.

Вместо това бяха заети с повече други грижи.

Pero estas preocupaciones les hicieron perder toda previsión.

Но тези опасения ги накараха да загубят всякаква далновидност.

Gregor, sin embargo, no había perdido la previsión paterna.

Грегор обаче не беше загубил родителската далновидност.

Alguien tenía que detener al representante autorizado.

Някой трябваше да спре упълномощения представител.

Iba a tener que calmarlo y convencerlo.

Щеше да се наложи да го успокои и да го убеди.

¡El futuro de Gregor y su familia dependía de ello!

Бъдещето на Грегор и семейството му зависеше от това!

Ojalá la inteligente hermana hubiera estado allí para ayudar.

Само да беше тук интелигентната сестра, за да помогне.

Ella ya había llorado cuando Gregor todavía estaba en su habitación.

Тя вече беше плакала, когато Грегор още беше в стаята си.

En ese momento él simplemente yacía tranquilamente boca arriba.

В този момент той просто лежеше тихо по гръб.

Ella ya sabía entonces la importancia de la situación.

Тя вече осъзнаваше важността на ситуацията.

El gerente tenía una debilidad bien conocida por las mujeres.

Мениджърът имаше добре позната слабост към жените.

Ella fácilmente podría haberlo persuadido para que se quedara más tiempo.

Тя лесно би могла да го убеди да остане по-дълго.

Ella habría cerrado la puerta y lo habría guiado adentro.

Тя щеше да затвори вратата и да го въведе обратно вътре.

Pero desafortunadamente la hermana había ido a buscar un médico.

Но за съжаление сестрата беше отишла да повика лекар.

Así que Gregor no tuvo más remedio que hacerlo él mismo.

Следователно Грегор нямаше друг избор, освен да го направи сам.

No había considerado cuáles eran realmente sus habilidades.

Той не беше обмислял какви всъщност са способностите му.

Y se había olvidado de desconfiar de su capacidad de hablar.

И беше забравил да не се доверява на способността си да говори.

Pero aún así, abandonó la seguridad de su habitación.

Но въпреки това той напусна сигурността на стаята си.

Y se abrió paso a través de la abertura de la habitación.

И той се промуши през отвора на стаята.

El gerente ya estaba bajando las escaleras.

Управителят вече слизаше по стълбите.

Pero él se agarraba a la barandilla con ambas manos.

Но той се държеше за парапета с две ръце.

Gregor se cayó mientras intentaba atravesar la puerta.

Грегор падна, докато се бутваше през вратата.

Dejó escapar un pequeño grito mientras trataba de agarrar algo para apoyarse.

Той издаде тих писък, докато се хващаше за опора.

Pero en lugar de pánico, sintió un bienestar físico.

Но вместо паника, той почувства физическо благополучие.

Por primera vez esa mañana algo se sintió bien.

За първи път онази сутрин нещо се усещаше както трябва.

Todas sus piernas ahora tenían tierra sólida debajo de ellas.

Всичките му крака сега имаха твърда земя под себе си.

Se sorprendió de lo bien que podía controlar sus piernas.

Той беше изненадан колко добре можеше да контролира краката си.

Se alegró de notar que sus piernas le obedecían completamente.

Той с радост забеляза, че краката му му се подчиняват напълно.

De hecho, sus piernas lo llevaban a donde quería.

Всъщност краката му го носеха където си поиска.

Pronto todas sus penas estaban destinadas a llegar a su fin.

Скоро всичките му мъки щяха да приключат.

Pero en ese mismo momento su propia madre saltó.

Но в същия момент собствената му майка скочи.

Sus brazos estaban extendidos y sus dedos separados.

Ръцете ѝ бяха протегнати, а пръстите ѝ разкрачени.

Y ella gritó: "¡Socorro! ¡Por el amor de Dios, que alguien ayude!"

И тя извика: „Помощ, за Бога, някой да помогне!"

Ella inclinó la cabeza; quería ver mejor a Gregor.

Тя наклони глава; искаше да види Грегор по-добре.

Pero en contraposición a la primera acción, ella corrió hacia atrás.

Но в отговор на първото действие, тя хукна назад.

Se había olvidado que la mesa estaba puesta detrás de ella.

Тя беше забравила, че масата е сложена зад нея.

Todos los elementos para el desayuno todavía estaban en la mesa.

Всички неща за закуска все още бяха на масата.

Se sentó apresuradamente en la mesa, como distraída.

Тя седна бързо на масата, сякаш разсеяна.

Y ella no pareció darse cuenta del café derramado.

И тя сякаш не забеляза разлятото кафе.

El café que ahora estaba empapando la alfombra.

Кафето, което сега попиваше в килима.

—Mamá, madre —dijo Gregor suavemente, mirándola.

— Майко, мамо — каза тихо Грегор, поглеждайки я.

Por el momento el manager no era importante para él.

За момента управителят не беше важен за него.

Pero también estaba el café goteando sobre la alfombra.

Но също така имаше и кафе, капещо върху килима.

Gregor no pudo resistirse a chasquear las mandíbulas al tomar el café.

Грегор не можа да се сдържи да не щракне с челюсти по кафето.

La madre comenzó a llorar nuevamente por su comportamiento.

Майката отново започна да плаче заради поведението му.

Ella saltó de la mesa para distanciarse de él.

Тя скочи от масата, за да се дистанцира от него.

Y ella corrió a los brazos del padre, buscando seguridad.

И тя се втурна в прегръдките на бащата, за да се спаси.

Pero Gregor ya no tenía tiempo que perder con sus padres.

Но Грегор вече нямаше време за родителите си.

El oficial autorizado ya estaba en las escaleras.

Упълномощеният служител вече беше на стълбите.

Apoyó la barbilla en la barandilla para mirar dentro de la casa.

Той беше подпрял брадичка на парапета, за да погледне в къщата.

Al parecer quería echar un último vistazo al espectáculo.

Очевидно искаше да хвърли последен поглед на зрелището.

Y Gregor hizo un último esfuerzo para llegar hasta el gerente.

И Грегор направи последен опит да се свърже с управителя.

Corrió hacia la puerta tan seguro como pudo.

Той хукна към вратата възможно най-безопасно.

Pero el jefe de oficina debía de sospechar algo.

Но главният чиновник сигурно е подозирал нещо.

Porque saltó varios escalones y desapareció.

Защото скочи няколко стъпала надолу и изчезна.

—¡Huh! —gritó Gregor, resonando en la escalera.

„Хъ!" извика Грегор, ехото отекна по стълбището.

La fuga del gerente también pareció confundir a su padre.

Бягството на управителя сякаш обърка и баща му.

Hasta entonces había conseguido mantener la compostura.

Дотогава той успяваше да запази доста хладнокръвие.

Pero desgraciadamente él también perdió la compostura que había tenido.

Но за съжаление и той загуби самообладанието, което имаше преди.

Lo que debería haber hecho es ayudar a Gregor en su persecución.

Това, което е трябвало да направи, е да помогне на Грегор
в преследването му.
Pero con una mano agarró el bastón del gerente.
Но той грабна бастуна на мениджъра с едната си ръка.
Y en la otra mano sostenía ahora un periódico.
А в другата си ръка сега държеше вестник.
Y ahora estorbó directamente a Gregor en su persecución.
И сега той директно възпрепятстваше Грегор в
преследването му.
Se había colocado entre Gregor y la calle.
Той се беше поставил между Грегор и улицата.
Golpeó el suelo con los pies y agitó el palo y el periódico.
Той тропна с крака и размаха бастуна и вестника.
**Y él estaba forzando activamente a Gregor a regresar a su
habitación.**
И той активно принуждаваше Грегор да се върне в стаята
му.
**Ninguna de las peticiones que Gregor intentó hacer sirvió de
algo.**
Нито една от молбите, които Грегор се опита да отправи,
не помогна.
Porque ninguna de las peticiones que hizo fue entendida.
Защото нито една от молбите, които отправяше, не беше
разбрана.
Giró la cabeza hacia un ángulo más profundo y humilde.
Той обърна глава под по-дълбок, по-смирен ъгъл.
Pero su padre respondió golpeando el suelo con más fuerza.
Но баща му отговори, като тропаше с крака още по-силно.
La madre abrió una ventana, a pesar del clima frío.
Майката отвори прозорец, въпреки хладното време.
Y apretó su cara entre sus manos en el frío.
И тя зарови лице в ръцете си в студа.
El viento ahora podría pasar por todo el apartamento.
Вятърът вече можеше да преминава през целия
апартамент.
**Una fuerte corriente de aire soplaba desde la escalera hacia
el callejón.**

Силен полъх духаше от стълбището към алеята.
Las cortinas se agitaban a causa del fuerte viento.
Завесите се вееха от силния вятър.
Y el periódico sobre la mesa crujió con el viento.
И вестникът на масата шумолеше на вятъра.
Incluso algunas hojas fueron arrastradas hasta el interior de la casa desde el exterior.
Дори някои листа бяха донесени от вятъра в къщата отвън.
El padre pateaba y empujaba sin descanso.
Бащата тропаше с крака и буташе неуморно.
Y silbaba y hacía ruidos como lo haría un hombre salvaje.
И той съскаше и издаваше звуци като див човек.
Pero Gregor aún no había practicado el caminar hacia atrás.
Но Грегор все още не беше практикувал ходене назад.
Incluso Gregor admitiría que este movimiento era mucho más lento.
Дори Грегор би признал, че това движение е било много по-бавно.
Pero lo único que quería era la oportunidad de cambiar las cosas.
Всичко, което искаше обаче, беше възможността да се обърне.
Entonces se habría ido directamente a su habitación.
Тогава щеше да отиде веднага в стаята си.
Pero tenía demasiado miedo de impacientar a su padre.
Но той твърде много се страхуваше да не накара баща си да се разтегне.
Y allí estaba la amenaza de un golpe con el palo.
И имаше заплаха от удар с пръчката.
Un golpe así en la parte posterior de la cabeza podría ser fatal.
Такъв удар в задната част на главата може да бъде фатален.
Pero al final Gregor no tuvo otra opción.
Но накрая Грегор не остана без друг избор.
Se dio cuenta de que ni siquiera podía caminar hacia atrás en línea recta.
Той осъзна, че дори не може да ходи назад изправен.

Empezó a girar tan rápido como pudo.
Той започна да се обръща толкова бързо, колкото
можеше.
**Pero en realidad este movimiento giratorio era igualmente
lento.**
Но в действителност това завъртане беше също толкова
бавно.
Y le siguieron las miradas ansiosas del padre.
И той беше последван от тревожните погледи на бащата.
Quizás el padre notó las buenas intenciones de Gregor.
Може би бащата е забелязал добрите намерения на
Грегор.
Porque no le impidió darse la vuelta.
Защото не му попречи да се обърне.
Incluso utilizó la punta de su bastón para guiar la rotación.
Той дори използваше върха на бастуна си, за да насочва
въртенето.
**¡Pero Gregor aún deseaba que su padre no le hubiera
silbado!**
Но Грегор все пак съжаляваше, че бащата не му беше
изсъскал!
El silbido sólo aumentó la confusión del momento.
Съскането само добави към объркването в момента.
Y luego cometió un error y giró en la dirección equivocada.
И тогава той направи грешка и се обърна в грешната
посока.
Al final logró encarar el camino correcto.
Накрая той най-накрая успя да се обърне в правилната
посока.
Y estaba satisfecho con el progreso que había logrado.
И той беше доволен от постигнатия напредък.
**Pero entonces el siguiente problema se hizo aún más
evidente.**
Но тогава следващият проблем стана още по-очевиден.
**Su cuerpo era demasiado ancho para pasar fácilmente por la
puerta.**

Тялото му беше твърде широко, за да се промъкне лесно през вратата.

En su estado actual el padre no se dio cuenta de esto.

В сегашното си състояние бащата не забеляза това.

Así que no se le ocurrió abrir más la puerta.

Затова не му хрумна да отвори вратата по-нататък.

Entonces habría habido suficiente espacio para Gregor.

Тогава щеше да има достатъчно място за Грегор.

Su única prioridad era conseguir que Gregor entrara a su habitación.

Единственият му приоритет беше да вкара Грегор в стаята си.

Habría tenido que ponerse de pie para poder pasar por la puerta.

Щеше да се наложи да се изправи, за да се промъкне през вратата.

Pero el padre no hubiera permitido tal maniobra.

Но бащата не би позволил подобна маневра.

De hecho, le estaba siseando aún más salvajemente que antes.

Всъщност той му съскаше още по-яро от преди.

Sonaba como si más de un hombre le estuviera silbando.

Звучеше сякаш не само един мъж му съскаше.

Sus demandas parecían tener una nueva urgencia detrás.

Исканията му сякаш криеха нова неотложност.

Realmente ya no había más tiempo para perder el tiempo.

Наистина нямаше повече време за забавления.

Pasara lo que pasara, Gregor tenía que atravesar la puerta.

Каквото и да се случи, Грегор трябваше да мине през вратата.

Se abrió paso sin ningún respeto por sí mismo.

Той се промуши без никакво самоуважение.

Un lado de su cuerpo fue empujado hacia arriba por el movimiento.

Едната страна на тялото му беше повдигната нагоре от движението.

Y él yacía torpe y torcido en el umbral de la puerta.

И той лежеше тромаво и криво между вратата.

Uno de sus flancos quedó en carne viva rozando la madera.

Единият му хълбок беше охлузен в дървото.

Y había dejado feas manchas en la puerta pintada de blanco.

И беше оставил грозни петна по бяло боядисаната врата.

Las piernas de uno de sus costados colgaban temblando en el aire.

Краката от едната му страна висяха трепереши във въздуха.

Sus otras piernas estaban presionadas dolorosamente contra el suelo.

Другите му крака бяха болезнено притиснати към пода.

Pronto se quedaría atrapado completamente entre las puertas.

Скоро щеше да се окаже заклещен между вратата.

Y entonces no habría podido moverse en absoluto.

И тогава изобщо нямаше да може да се движи.

Pero el padre le dio un fuerte empujón realmente liberador.

Но бащата му даде наистина освобождаваш силен тласък.

Y cayó, sangrando profusamente, hasta el fondo de su habitación.

И той падна, кървейки обилно, дълбоко в стаята си.

El padre cerró la puerta tras de sí con su bastón.

Бащата затръшна вратата зад себе си с бастуна си.

Y finalmente hubo algo de paz y tranquilidad nuevamente.

И тогава най-накрая отново настъпи мир и тишина.

Gregor no se despertó hasta mucho más tarde ese mismo día.
Грегор се събуди чак много по-късно през деня.
Había anochecido; había dormido profundamente e inconscientemente.
Беше паднал здрач; той беше спал дълбоко и безсъзнателно.
Se habría despertado incluso sin que nadie lo hubiera molestado.
Щеше да се събуди дори без да бъде обезпокояван.
Porque se sentía suficientemente descansado y bien dormido.
Защото се чувстваше достатъчно отпочинал и добре спал.
Pero le pareció oír unos pasos fugaces afuera.
Но му се стори, че чу някакви мимолетни стъпки отвън.
Y alguien podría haber cerrado cuidadosamente la puerta principal.
И някой може внимателно да е затворил входната врата.
La luz del tranvía eléctrico se reflejaba pálidamente en el techo.
Светлината на електрическия трамвай бледо падаше на тавана.
La parte superior del mueble también recibió un poco de luz.
Горната част на мебелите също получи малко светлина.
Pero allá abajo, a la altura de Gregor, estaba oscuro.
Но долу на земята, на нивото на Грегор, беше тъмно.
Sus piernas lo empujaron lentamente hacia la puerta nuevamente.
Краката му бавно го бутнаха отново към вратата.
Tenía mucha curiosidad por ver qué había sucedido allí.
Той беше много любопитен да види какво се е случило там.
Pero su control de sus sensores aún no estaba desarrollado.

Но контролът му върху опипванията все още не беше развит.
Aunque empezó a apreciar estos nuevos sensores.
Въпреки че започна да оценява тези нови сензори.
Una cicatriz larga y desagradable parecía recorrer su costado izquierdo.
Дълъг, неприятен белег сякаш се спускаше по лявата му страна.
La cicatriz parecía como si apretara ese lado de su cuerpo.
Белегът сякаш стягаше тази страна на тялото му.
Y entonces tuvo que cojear literalmente sobre sus dos filas de piernas.
И така, той буквално трябваше да куца на двата си реда крака.
Esa mañana una de sus piernas resultó gravemente herida.
Единият му крак беше сериозно ранен онази сутрин.
Realmente fue un milagro que no se hubiera roto más piernas.
Наистина беше чудо, че не си беше счупил още крака.
Y así arrastró sin vida su pierna herida.
И така той влачеше безжизнено ранения си крак след себе си.
Cuando llegó a la puerta se dio cuenta de algo profundo.
Когато стигна до вратата, осъзна нещо дълбоко важно.
Fue el olor de algo lo que lo atrajo hasta allí.
Миризмата на нещо го беше примамила там.
A Gregor le habían dejado algo comestible en su habitación.
За Грегор беше оставено нещо годно за консумация в стаята му.
Trozos de pan blanco flotando en un cuenco de leche dulce.
Парчета бял хляб, плуващи в купа със сладко мляко.
Apenas podía contener la alegría que había dentro de él.
Той едва успяваше да сдържи радостта, която бушуваше в него.
Ahora tenía incluso más hambre que por la mañana.
Сега беше дори по-гладен, отколкото сутринта.
Inmediatamente sumergió su cabeza en el cuenco de leche.

Той веднага потопи глава в купата с мляко.

La leche le salía casi por toda la cabeza, hasta los ojos.

Млякото се показа почти по цялата му глава, чак до очите.

Pero pronto echó la cabeza hacia atrás, amargamente decepcionado.

Но скоро той отметна глава назад, горчиво разочарован.

Comer era difícil debido a su delicado lado izquierdo.

Храненето беше трудно заради крехката му лява страна.

Y sólo podía comer jadeando con todo su cuerpo.

И можеше да яде само като се задъхва с цялото си тяло.

Pero esa no fue la verdadera razón de su decepción.

Но това не беше истинската причина за разочарованието му.

La leche siempre había sido uno de sus platos favoritos.

Млякото винаги е било едно от любимите му ястия.

No tenía ninguna duda de que su hermana recordaba esto.

Той не се съмняваше, че сестра му си е спомнила това.

Y esa fue la razón por la que le había dado leche.

И това беше причината, поради която тя му беше дала мляко.

No podía explicar por qué ahora no le gustaba la leche.

Той не можеше да обясни защо сега не харесва млякото.

Y se apartó del cuenco casi con reticencia.

И той се отвърна от купата почти с неохота.

Decepcionado, se arrastró de nuevo hasta el centro de la habitación.

Разочарован, той пропълзя обратно до средата на стаята.

Desde allí pudo ver a través de la rendija de la puerta.

Тук той успя да види през процепа на вратата.

Pudo ver que el fuego en la sala de estar estaba encendido.

Той видя, че огънят в хола е запален.

Generalmente a esta hora el padre leía el periódico.

Обикновено по това време бащата четеше вестника.

Él siempre solía leerle a la madre en voz alta.

Той винаги четеше на майка си с повишен глас.

A veces la hermana también escuchaba al padre.

Понякога и сестрата подслушваше бащата.

Ella siempre le había contado a Gregor sobre esta lectura en voz alta.

Тя винаги беше разказвала на Грегор за това четене на глас.

Pero hoy no se oía ningún sonido en la habitación.

Но днес от стаята не се чуваше никакъв звук.

Quizás este hábito ya había caído en desuso.

Може би този навик вече беше излязъл от употреба.

Un profundo silencio se había apoderado de todo el apartamento.

Дълбока тишина се беше възцарила в целия апартамент.

Aunque sabía que el apartamento ciertamente no estaba vacío.

Въпреки че знаеше, че апартаментът със сигурност не е празен.

«¡Qué vida tan tranquila lleva la familia!», pensó Gregor.

„Какъв спокоен живот води семейството“, помисли си Грегор.

Y miró hacia la oscuridad con gran orgullo.

И той се взираше в тъмнината с голяма гордост.

Estaba orgulloso de la vida que había podido darles.

Той се гордееше с живота, който беше успял да им даде.

Estaba orgulloso del hermoso apartamento en el que vivían.

Той се гордееше с красивия апартамент, в който живееха.

¿Pero toda esta paz estaba a punto de tener un final terrible?

Но дали целият този мир щеше да дойде към ужасен край?

¿Les iban a quitar su prosperidad?

Щеше ли да им бъде отнето благоденствието?

¿Su satisfacción ahora era incierta en el futuro?

Несигурно ли беше тяхното удовлетворение в бъдеще?

Pero él no quería perderse en tales pensamientos.

Но той не искаше да се потапя в подобни мисли.

Para mantenerse ocupado se arrastraba arriba y abajo por las paredes.

За да се занимава с нещо, той пълзеше нагоре-надолу по стените.

Durante la larga velada una puerta estaba entreabierta.

През дългата вечер една врата беше леко открехната.

Y en otro momento la otra puerta se abrió un poquito.

И по друго време другата врата се отвори леко.

Pero en ambas ocasiones las puertas se cerraron rápidamente de nuevo.

Но и двата пъти вратите бързо бяха затворени отново.

Estaba claro que alguien de fuera tenía el deseo de entrar.

Явно някой отвън е имал желание да влезе.

Pero también tenían demasiadas preocupaciones acerca de venir.

Но те също имаха твърде много притеснения относно влизането.

Gregor ahora se detuvo directamente en la puerta de la sala de estar.

Грегор спря точно пред вратата на хола.

Estaba decidido a tentar de algún modo al indeciso visitante.

Той беше решен по някакъв начин да изкуши колебливия посетител.

Y también quería saber quién había sido el visitante.

И също така искаше да знае кой е бил посетителят.

Pero aquella noche la puerta no se abrió una tercera vez.

Но онази вечер вратата не беше отворена за трети път.

Y Gregorio esperaba en vano junto a la puerta.

И Грегор прекара напразно времето си в чакане до вратата.

Más temprano ese día todos querían entrar a la habitación.

По-рано същия ден всички искаха да влязат в стаята.

Ahora que las puertas estaban desbloqueadas sería más fácil para ellos.

Сега, щом вратите бяха отключени, щеше да им е по-лесно.

Pero ellos prefirieron quedarse al otro lado de la habitación.

Но те предпочетоха да останат от другата страна на стаята.

Gregor se dio cuenta de que las llaves ya no estaban en sus cerraduras.

Грегор забеляза, че ключовете вече не са в ключалките им.

Alguien debe haber movido las llaves a la cerradura exterior.
Някой сигурно е преместил ключовете към външната
ключалка.
Sólo tarde por la noche se apagó la luz de la sala de estar.
Едва късно през нощта лампата в хола беше изключена.
La familia debe haber permanecido despierta todo el tiempo.
Семейството сигурно е останало будно през цялото време.
Y Gregor podía oírlos claramente alejándose de puntillas.
И Грегор ясно ги чуваше как се отдалечават на пръсти.
Ahora nadie vendría a ver a Gregor hasta la mañana.
Сега никой нямаше да дойде при Грегор до сутринта.
**Así que tuvo mucho tiempo para sí mismo, para pensar sin
interrupciones.**
Така той имаше дълго време сам, за да мисли
необезпокояван.
¿Cuál sería la mejor manera de reorganizar su vida ahora?
Какъв би бил най-добрият начин да реорганизира живота
си сега?
Pero las altas paredes de la habitación vacía lo asustaban.
Но високите стени на празната стая го плашеха.
No le quedó más remedio que tumbarse en el suelo.
Нямаше друг избор, освен да се просне по гръб на земята.
Y nunca encontró la causa de su miedo en ese espacio.
И никога не е откривал причината за страха си в това
пространство.
**Era la misma habitación en la que había vivido durante
cinco años.**
Това беше същата стая, в която беше живял пет години.
Medio inconscientemente hizo un movimiento hacia el sofá.
Полусъзнателно той направи движение към дивана.
Y sin ninguna vergüenza se escondió debajo del sofá.
И без никакъв срам се скри под дивана.
Allí abajo se sintió inmediatamente de nuevo muy a gusto.
Там долу той веднага се почувства отново много удобно.
A pesar de que tenía la espalda un poco presionada.
Въпреки факта, че гърбът му беше леко притиснат.
Ya no podía levantar la cabeza debajo del sofá.

Той вече не можеше да си вдигне глава и под дивана.

Pero incluso esto lo prefería a estar en cualquier espacio abierto.

Но дори това той предпочиташе пред това да бъде на открито пространство.

Sin embargo, lamentó que su cuerpo fuera tan ancho.

Въпреки това, той съжаляваше, че тялото му е толкова широко.

El sofá no podía cubrir completamente todo su cuerpo.

Диванът не можеше да покрие напълно цялото му тяло.

Se quedó debajo del sofá toda la noche.

Той остана под дивана през цялата нощ.

La noche la pasó medio dormido, perturbado por el hambre.

Нощта прекара полузаспал, обезпокоен от глада си.

Y el tiempo que estaba despierto lo pasaba preocupado o esperanzado.

И времето, когато беше буден, той прекарваше или в тревоги, или в надежди.

Pero todas sus vagas esperanzas llevaron a la misma conclusión.

Но всичките му смътни надежди водеха до едно и също заключение.

No tuvo más remedio que permanecer en silencio por el momento.

Той нямаше друг избор, освен да мълчи за момента.

Tuvo que mostrar paciencia y consideración hacia la familia.

Той трябваше да прояви търпение и внимание към семейството.

Era la única manera de hacer soportable el inconveniente.

Това беше единственият начин да направи неудобството поносимо.

Los inconvenientes que ahora estaba causando a la familia.

Неудобството, което сега налагаше на семейството.

No tuvo que esperar mucho para demostrar su compasión.

Не му се наложи да чака дълго, за да докаже състраданието си.

Temprano por la mañana la hermana miró dentro de su habitación.

Рано сутринта сестрата надникна в стаята му.

Aunque en realidad era tan de noche como de mañana.

Въпреки че всъщност беше както нощ, така и сутрин.

Ella estaba completamente vestida y parecía mostrar entusiasmo.

Тя беше напълно облечена и изглеждаше развълнувана.

La fuerza de su nueva decisión podría ser puesta a prueba.

Силата на нововзетото му решение можеше да бъде поставена на изпитание.

Ella no lo encontró inmediatamente con su primera mirada.

Тя не го откри веднага с първия си поглед.

Tenía que estar en algún lugar, no podía haber volado.

Той трябваше да е някъде; не можеше да отлети.

Pero entonces sus ojos hicieron un segundo recorrido por la habitación.

Но тогава погледът ѝ огледа стаята за втори път.

Y esta vez vio su torso debajo del sofá.

И този път тя забеляза торса му под дивана.

Estaba tan asustada que perdió todo el control de sí misma.

Тя беше толкова уплашена, че загуби всякакъв самоконтрол.

Y su primera reacción fue cerrar la puerta de golpe.

И първата ѝ реакция беше да затръшне вратата отново.

Pero también pareció arrepentirse inmediatamente de su comportamiento.

Но тя сякаш веднага съжали за поведението си.

Tan pronto como cerró la puerta de golpe, la abrió de nuevo.

Щом затръшна вратата, тя я отвори отново.

Y esta vez entró de puntillas en la habitación con cuidado.

И този път тя внимателно на пръсти влезе в стаята.

Se movía como si estuviera visitando a una persona gravemente enferma.

Тя се движеше, сякаш посещаваше тежко болен човек.

O tal vez estaba visitando a un completo desconocido.

Или може би е била на гости на напълно непознат човек.

Gregor empujó su cabeza casi hasta el borde del sofá.

Грегор бутна глава почти до ръба на дивана.

Y desde debajo de la caja fuerte la observaba en la habitación.

И от под сейфа той я наблюдаваше в стаята.

¿Se daría cuenta de que había dejado la leche?

Дали щеше да забележи, че е оставил млякото?

No había dejado la leche por falta de hambre.

Не беше оставил млякото поради липса на глад.

¿En lugar de eso le traería comida diferente?

Дали щеше да му донесе различна храна вместо това?

Quizás un plato que se ajustara mejor a sus preferencias.

Може би ястие, което по-добре отговаряше на предпочитанията му.

Pero ella misma habría tenido que notar su apetito.

Но тя сама щеше да трябва да забележи апетита му.

Preferiría morir de hambre antes que hacerle saber eso.

Той би предпочел да умре от глад, отколкото да я уведоми за това.

En realidad le habría gustado mucho decírselo.

Всъщност много би искал да ѝ го каже.

Estuvo realmente tentado de disparar desde debajo del sofá.

Той наистина се изкушаваше да стреля изпод дивана.

Quería arrojarse a los pies de su hermana.

Искаше му се да се хвърли в краката на сестра си.

Y quiso pedirle algo bueno para comer.

И искаше да я помоли за нещо вкусно за ядене.

Pero entonces la hermana miró hacia el cuenco de leche.

Но тогава сестрата погледна към купата с мляко.

Inmediatamente se dio cuenta de que el cuenco todavía estaba lleno.

Тя веднага забеляза, че купата е все още пълна.

Le sorprendió bastante que Gregor no hubiera comido nada.

Тя беше доста изненадана, че Грегор не беше ял нищо.

Sólo se había derramado un poco de leche en el suelo.

Само малко мляко беше разлято на пода.

Inmediatamente cogió el cuenco y lo sacó.

Тя веднага взе купата и я изнесе.

Él vio que ella no recogió el cuenco con sus propias manos.

Той видя, че тя не е вдигнала купата с голи ръце.

En lugar de eso, recogió el cuenco con uno de los trapos.

Вместо това тя вдигна купата с един от парцалите.

Pero Gregor se olvidó muy rápidamente de este pequeño detalle.

Но Грегор много бързо забрави за тази малка подробност.

Ahora estaba mucho más entusiasmado por otra cosa.

Сега беше много по-развълнуван от нещо друго.

¿Qué podría traer como reemplazo de la leche?

Какво би могла да донесе като заместител на млякото?

Tenía varios pensamientos sobre lo que ella podría traer.

Той имаше различни мисли за това какво би могла да донесе тя.

Pero la bondad de su hermana superó sus expectativas.

Но добротата на сестра му надмина очакванията му.

Se dio cuenta de que tenía que probar cuáles eran sus nuevos gustos.

Тя осъзна, че трябва да изпробва какви са новите му вкусове.

Así que trajo toda una selección de alimentos diferentes.

Така тя донесе цяла селекция от различни храни.

Verduras medio podridas, huesos de la cena.

Полугнили зеленчуци, кости от вечерята.

Salsa solidificada de la otra comida que habían comido.

Втвърден сос от другото ястие, което бяха яли.

Unas pasas, unas almendras, pan seco, pan con mantequilla.

Няколко стафиди, малко бадеми, сух хляб, хляб с масло.

Un poco de pan untado con mantequilla y también con sal.

Малко хляб, намазан с масло и осолен.

Queso que Gregor había declarado incomestible hacía dos días.

Сирене, което Грегор беше обявил за негодно за консумация преди два дни.

Toda esta selección de comida fue colocada en un periódico.

Цялата тази селекция от храни беше поставена върху вестник.

Y también colocó un recipiente con agua al lado de sus comidas.

И тя също така постави купа с вода до храненията му.

Ella sabía que Gregor no habría comido delante de ella.

Тя знаеше, че Грегор нямаше да яде пред нея.

Entonces, por respeto hacia él, salió nuevamente de la habitación.

Затова от уважение към него тя отново напусна стаята.

Y hasta giró la llave en la cerradura al salir.

И дори завъртя ключа в ключалката, когато си тръгваше.

Pero ella giró la llave muy silenciosamente y con mucho cuidado.

Но тя завъртя ключа много тихо и внимателно.

De esta manera sólo Gregor sabría que la puerta estaba cerrada.

По този начин само Грегор щеше да знае, че вратата е заключена.

Ahora podía ponerse tan cómodo como quisiera.

Сега можеше да се настани толкова удобно, колкото искаше.

Las piernas de Gregor zumbaban cuando llegó la hora de comer.

Краката на Грегор подскачаха, когато дойде време за ядене.

Lo que vale la pena destacar es que ya no sentía ninguna molestia.

Заслужава да се отбележи, че той вече не изпитваше никакъв дискомфорт.

Sus heridas deben haber sanado ya por completo.

Раните му сигурно вече са напълно заздравели.

Porque ya no sentía sus discapacidades anteriores.

Защото вече не усещаше предишните си увреждания.

Su nueva capacidad de curar lo sorprendió y lo asombró.

Новата му способност да лекува го изненада и изуми.

Hace más de un mes se cortó el dedo con un cuchillo.

Преди повече от месец той си порязал пръста с нож.

Hasta hace dos días esa herida todavía le dolía.

Допреди два дни тази рана все още го болеше.

"¿Soy mucho menos sensible ahora?" pensó para sí mismo.

„Много по-малко чувствителен ли съм сега?", помисли си той.

Para entonces ya estaba chupando con avidez el queso.

Той вече лакомо смучеше сиренето.

Se sintió atraído por el queso más que por el resto de la comida.

Той беше привлечен от сиренето повече от другата храна.

Comió rápidamente un trozo de queso tras otro.

Той бързо изяде едно парче сирене след друго.

Sus ojos se llenaron de lágrimas de satisfacción al probarlo.

Очите му се насълзиха от задоволство от вкуса му.

Después del queso comió las verduras y la salsa.

След сиренето той изяде зеленчуците и соса.

Sin embargo, la comida fresca no le sabía bien.

Прясна храна обаче не му се хареса.

De hecho, ni siquiera podía soportar el olor de la comida fresca.

Всъщност той дори не можеше да понася миризмата на прясна храна.

Incluso arrastró el resto de la comida lejos de la comida fresca.

Той дори отмести другата храна от прясната.

Y muy rápidamente terminó la comida más comestible.

И много бързо той свърши с най-ядливата храна.

Toda aquella deliciosa comida tuvo sobre él un efecto soporífero.

Цялата вкусна храна му действаше сънотворно.

Y él permaneció acostado perezosamente en el lugar donde había comido.

И той лежеше лениво на мястото, където беше ял.

Finalmente su hermana regresó para ver cómo estaba nuevamente.

Накрая сестра му се върна да го провери отново.

Tuvo la previsión de girar la llave muy lentamente.

Тя имаше далновидността да завърти ключа много бавно.

Esto le dio a Gregor una advertencia de que debía retirarse.

Това предупреди Грегор, че трябва да се оттегли.

Aturdido y sobresaltado, se apresuró a volver debajo del sofá.

Замаян и стреснат, той побърза обратно под дивана.

Pero quedarse debajo del sofá no fue tan fácil esta vez.

Но този път да остана под дивана не беше толкова лесно.

Su cuerpo se había vuelto un poco redondeado por tanta comida.

Тялото му се беше леко закръглило от всичката храна.

Y tuvo que controlarse para no quedarse sin nada otra vez.

И трябваше да се контролира, за да не избяга отново.

Aunque la hermana no permaneció mucho tiempo en la habitación.

Въпреки че сестрата не остана дълго в стаята.

Le costaba respirar en ese estrecho espacio.

Той се мъчеше да диша под това тясно пространство.

Pero él siguió adelante a pesar de los pequeños ataques de asfixia.

Но той преодоля малките пристъпи на задушаване.

Con ojos desorbitados observaba las actividades de la hermana.

С изпъкнали очи той наблюдаваше действията на сестрата.

La hermana desprevenida vertió todo en un balde.

Нищо неподозиращата сестра изля всичко в кофа.

Ella no sólo se deshizo de la comida que Gregor no había comido.

Тя не само се е избавила от храната, която Грегор не е ял.

Pero también se deshizo de la comida que él no había tocado.

Но тя изхвърляше и храната, която той не беше докоснал.

Al parecer esa comida ya no era comestible para nadie.

Очевидно тази храна вече не беше годна за консумация от никого.

Luego cerró el cubo de comida con una tapa de madera.
След това тя затвори кофата с храна с дървен капак.
Y con la comida, el balde y el trapeador, se fue.
И с храната, кофата и мопа, тя си тръгна.
Gregor no habría podido esperar mucho más tiempo.
Грегор нямаше да може да чака още дълго.
Tan pronto como ella se fue, él se escapó de debajo del sofá.
Щом тя си тръгна, той избяга изпод дивана.
Y se estiró y resopló aliviado.
И той се протегна и въздъхна от облекчение.
Así recibía Gregorio comida de vez en cuando.
Ето как Грегор получаваше храна отсега нататък.
Su hermana le dio de comer una vez temprano en la mañana.
Сестра му му даде храна веднъж рано сутринта.
A esta hora los padres y la criada todavía dormían.
По това време родителите и прислужницата все още
спяха.
**Y recibió una segunda comida después de que todos
almorzaron.**
И той получи второ хранене, след като всички обядваха.
**Porque en ese momento los padres también durmieron un
rato.**
Защото по това време и родителите спаха известно време.
**Y la doncella fue enviada por su hermana a hacer algún
recado.**
И прислужницата беше изпратена от сестрата по някаква
работа.
**Ciertamente no tenían intención de dejar morir de hambre a
Gregor.**
Те със сигурност нямаха намерение да гладуват Грегор.
Pero tampoco hubieran querido verlo comer.
Но и те нямаше да искат да го гледат как яде.
Lo que mencionó la hermana fue suficiente información.
Това, което сестрата спомена, беше достатъчна
информация.
Quizás era su manera de ahorrarles dolor a los padres.

Може би това беше нейният начин да спести мъката на родителите.

Ya habían sufrido bastante por sus acciones.

Те вече бяха страдали достатъчно от действията му.

El primer día se iba convirtiendo poco a poco en un recuerdo lejano.

Първият ден бавно се превръщаше в далечен спомен.

Gregor no tenía forma de saber lo que pasó ese día.

Грегор нямаше как да знае какво се е случило този ден.

¿Cómo fue guiado el cerrajero fuera del apartamento?

Как беше изведен ключарят от апартамента?

¿Con qué excusas quedó finalmente satisfecho el médico?

С какви извинения най-накрая беше доволен лекарят?

No había encontrado ningún modo de hacerse entender.

Той не беше намерил начин да се изкаже разбираемо.

Ni siquiera logró comunicarse con su hermana.

Той дори не успя да общува със сестра си.

Y entonces pensaron que no podía entenderlos.

И затова те си помислиха, че той не може да ги разбере.

Y por eso no se hizo ningún esfuerzo para hablar con él.

И затова не беше направен никакъв опит да се говори с него.

Su hermana entraba en su habitación todas las mañanas y a la hora del almuerzo.

Сестра му идваше в стаята му всяка сутрин и на обяд.

Pero él tuvo que contentarse con escuchar sus suspiros.

Но трябваше да се задоволи с това да чуе въздишките ѝ.

Más tarde se acostumbró un poco más a la forma de Gregor.

По-късно тя все пак свикна малко повече с формата на Грегор.

Y se sintió un poco más libre para hacer más comentarios.

И тя почувства малко повече свобода да прави още забележки.

(Aunque nunca se acostumbraría del todo a él.)

(Въпреки че никога нямаше да свикне напълно с него.)

Y entonces Gregor se sintió nuevamente hablado un poco más.

И тогава Грегор отново се почувства малко по-заговорен.

Y captó lo que percibió como comentarios amistosos.

И той долови това, което възприе като приятелски коментари.

"Disfrutó su comida hoy" o "comió todo".

„Днес храната му хареса" или „изяде всичко".

Pero eso fue sólo cuando hubo comido toda su comida.

Но това беше едва когато беше изял цялата си храна.

Pero últimamente esto se está volviendo cada vez menos frecuente.

Но напоследък това ставаше все по-рядко срещано.

"Apenas tocaba la comida", decía ella con más frecuencia ahora.

„Почти не докосна храната си", казваше тя вече по-често.

Y había un toque de tristeza en su voz cada vez.

И всеки път в гласа ѝ се долавяше нотка на тъга.

Gregor no pudo escuchar ninguna otra noticia más directamente.

Грегор не можеше да чуе други новини по-пряко.

Pero escuchó muchas noticias de las habitaciones contiguas.

Но той подслуша много новини от съседните стаи.

Al oír voces corrió hacia la puerta correspondiente.

Когато чу гласове, той хукна към съответната врата.

Y apretó todo su cuerpo contra la puerta para escuchar.

И той се притисна с цялото си тяло към вратата, за да чуе.

Todas las conversaciones le concernían de una manera u otra.

Всички разговори го засягаха по един или друг начин.

Incluso cuando el tema parecía ser sobre otra cosa.

Дори когато темата сякаш беше за нещо друго.

Esta observación fue especialmente cierta en los primeros tiempos.

Това наблюдение беше особено вярно в ранните дни.

Durante cada comida repetían la misma discusión.

По време на всяко хранене те повтаряха един и същ разговор.

Todavía no estaban seguros de cómo comportarse a su alrededor.

Те все още не бяха сигурни как да се държат около него.

Pero el mismo tema también se discutió entre comidas.

Но същата тема се обсъждаше и между храненията.

Porque siempre había dos miembros de la familia en casa.

Защото винаги имаше двама членове на семейството у дома.

Nadie quería quedarse solo en la casa.

Никой не искаше да остане сам в къщата.

Pero dejar el piso vacío tampoco era una opción.

Но оставянето на апартамента празен също беше изключено.

La criada era la única que no estaba atada al apartamento.

Камериерката беше единствената, която не беше обвързана с апартамента.

Ella ya había pedido irse el primer día.

Тя беше поискала да си тръгне още първия ден.

Ella se puso de rodillas y pidió que la despidieran.

Тя падна на колене и се замоли да бъде освободена.

La familia no sabía cuánto sabía realmente la criada.

Семейството не знаеше колко всъщност знае прислужницата.

En ese momento ella no había visto más que nadie.

На този етап тя не беше видяла повече от всеки друг.

Lo sucedido todavía era un misterio para la familia.

Какво се беше случило, все още беше загадка за семейството.

Pero un cuarto de hora después se despidió.

Но четвърт час по-късно тя се сбогува.

Y agradeció a la familia con lágrimas en los ojos.

И тя благодари на семейството със сълзи на очи.

Pero en realidad les agradeció por haberla liberado.

Но всъщност тя им благодари, че са я освободили.

Parecían haberle mostrado la mayor bondad.

Изглежда, че са й проявили най-голяма доброта.

Incluso hizo un juramento sin que se lo pidieran.

Тя дори положи клетва, без да бъде помолена за това.

Dijo que no le contaría a nadie lo que había sucedido.

Тя каза, че няма да каже на никого какво се е случило.

Ahora la hermana tenía que cocinar junto con su madre.

Сега сестрата трябваше да готви заедно с майка си.

Pero esto realmente no era un gran inconveniente.

Но това всъщност не беше чак толкова голямо неудобство.

Porque de todas formas los dos no comían casi nada.

Защото двамата така или иначе почти нищо не ядоха.

Gregor escuchó una y otra vez la misma conversación.

Грегор отново и отново подслушваше един и същ разговор.

Una persona le decía a otra que tenía que comer más.

Единият казваше на другия, че трябва да яде повече.

Pero esa persona no recibió ninguna respuesta de la persona.

Но този човек не получи отговор от човека.

"Gracias, tengo suficiente", o algo similar.

„Благодаря, стига ми“ или нещо подобно.

Quizás ya no bebían nada tampoco.

Може би и те вече не са пили нищо.

La hermana a menudo le preguntaba a su padre si quería cerveza.

Сестрата често питаше баща си дали иска бира.

Y ella misma se ofreció calurosamente a ir a buscar la cerveza.

И тя топло предложи сама да донесе бирата.

El padre siempre permanecía en silencio ante su petición.

Бащата винаги мълчеше по нейно искане.

Así que la hermana tuvo que encontrar una manera de eliminar cualquier duda.

Така че сестрата трябваше да намери начин да разсее всяко съмнение.

Y ella dijo que enviaría a la criada a buscar algo de cerveza.

И тя каза, че ще изпрати прислужницата да донесе бира.

Pero entonces el padre finalmente dijo un gran y rotundo "no".

Но тогава бащата най-накрая каза едно голямо, категорично „не“.

Luego ya no se volvió a mencionar el tema de tomar una cerveza.

След това темата за това, че пие бира, вече не се споменаваше.

Ya había explicado anteriormente la situación financiera.

Той вече беше обяснил финансовото положение преди това.

De hecho, mencionó las finanzas el primer día.

Всъщност той спомена финанси още в първия ден.

Les hizo saber perfectamente cuáles eran las perspectivas.

Той ги е уведомил добре какви са перспективите.

Su propio negocio se había derrumbado hacía unos cinco años.

Неговият собствен бизнес се беше сринал преди около пет години.

De vez en cuando se levantaba para abandonar la mesa.

От време на време той ставаше, за да стане от масата.

Y se dirigió a la caja registradora de su antiguo negocio.

И той отиде до касата на стария си бизнес.

Había salvado la caja registradora por sentimentalismo.

Той беше спасил касовия апарат от сантименталност.

Gregor lo oyó abrir una cerradura pesada y complicada.

Грегор го чу как отключва тежка и сложна ключалка.

Y sacó recibos y libros de la caja.

И той извади касови бележки и книги от касата.

Después de tomar los objetos volvió a cerrar la caja fuerte.

След като взе предметите, той отново заключи касата.

Gregor no había tenido buenas noticias desde su encarcelamiento.

Грегор не беше чувал добри новини, откакто беше в затвора.

Pensó que el negocio había llevado a la quiebra a su padre.

Той смяташе, че бизнесът е довел баща му до фалит.

El padre seguramente le había dado esa impresión a Gregor.
Бащата със сигурност беше създал такова впечатление у Грегор.
Y Gregor nunca le preguntó más sobre las finanzas.
И Грегор никога повече не го попита за финансите.
Gregor quería hacer todo lo posible para ayudar a la familia.
Грегор искаше да направи всичко възможно, за да помогне на семейството.
Quería ayudarlos a olvidar la desgracia empresarial.
Той искаше да им помогне да забравят бизнес неуспеха.
La quiebra que provocó la desesperanza más completa.
Фалитът, който доведе до пълна безнадеждност.
Así que empezó a trabajar con una pasión muy especial.
така че той започна да работи с много специална страст.
Se había convertido en un vendedor ambulante casi de la noche a la mañana.
Той се беше превърнал в пътуващ търговец почти за една нощ.
Antes de eso, sólo había trabajado como empleado con un salario bajo.
Преди това той просто работеше като нископлатен чиновник.
Ahora tenía oportunidades de ingresos completamente diferentes.
Сега той имаше съвсем различни възможности за печалба.
Las ventas exitosas podrían convertirse inmediatamente en efectivo.
Успешните продажби могат веднага да бъдат превърнати в пари в брой.
El dinero en efectivo, por supuesto, se paga con sus comisiones.
Парите, разбира се, се изплащат от комисионните му.
Ahora Gregor podía poner dinero en la mesa familiar.
Сега Грегор можеше да сложи пари на семейната маса.
Y estaban asombrados y contentos con sus ganancias.
И те бяха изумени и щастливи от печалбите му.
Pero esos tiempos hermosos no se repetirán nuevamente.

Но тези прекрасни времена няма да се повторят.
Apenas se habían acostumbrado a esos buenos tiempos.
Те едва бяха свикнали с тези хубави времена.
Cada día de pago la familia aceptaba el dinero con gratitud.
Всеки ден за заплата семейството с благодарност
приемало парите.
Y Gregor estaba igualmente feliz de entregar el dinero.
И Грегор беше също толкова щастлив да предаде парите.
**Pero el cálido afecto que recibía a cambio fue muriendo
lentamente.**
Но топлата обич, дадена в замяна, бавно угасна.
**Sólo su hermana permaneció tan cerca de Gregor como
antes.**
Само сестра му остана толкова близка с Грегор, колкото
преди.
**Ella, a diferencia de Gregor, tenía un profundo aprecio por la
música.**
Тя, за разлика от Грегор, имаше дълбока любов към
музиката.
Y ella sabía tocar el violín de una manera muy conmovedora.
И тя знаеше как да свири на цигулка много трогателно.
Gregor planeó en secreto enviarla a la escuela de música.
Грегор тайно планирал да я изпрати в музикално
училище.
Aún no había decidido cómo pagaría los gastos.
Той все още не беше решил как ще плати разходите.
Pero de una forma u otra cubriría los costos.
Но по един или друг начин той щеше да покрие
разходите.
**De vez en cuando Gregor y su familia hacían pequeños
viajes.**
Понякога Грегор и семейството ходеха на кратки
екскурзии.
Gregor y su hermana abordaron este tema con frecuencia.
Грегор и сестрата често повдигаха темата.
Pero sólo se mencionó como una idea maravillosa.
Но това беше споменавано само като прекрасна идея.

Realmente no creían que el sueño pudiera realizarse.
Те всъщност не вярваха, че мечтата може да се осъществи.
Y a los padres no les gustaban esas ambiciones fantasiosas.
И родителите не харесваха подобни фантастични
амбиции.
Incluso cuando el tema se planteó de manera muy inocente.
Дори когато темата беше повдигната съвсем невинно.
Pero Gregor seguía pensando en la escuela de música.
Но Грегор продължаваше да мисли за музикалното
училище.
Y tenía pensado anunciar el regalo en Nochebuena.
И планираше да обяви подаръка в навечерието на Коледа.
Por supuesto, en su estado actual sería imposible.
Разбира се, в сегашното му състояние това би било
невъзможно.
Pero ese tipo de pensamientos pasaban por su cabeza.
Но подобни мисли му минаваха през главата.
Y tenía estos pensamientos mientras escuchaba a la familia.
И той имаше такива мисли, докато слушаше семейството.
A veces se cansaba demasiado para seguir escuchándolos.
Понякога се уморяваше твърде много, за да продължи да
ги слуша.
Su cabeza cayó contra la puerta por el cansancio.
Главата му падна на вратата от умора.
**Pero inmediatamente volvió a apoyar la cabeza contra la
puerta.**
Но той веднага отново опря глава на вратата.
Porque incluso el ruido más leve se podía oír afuera.
Защото дори и най-малкият шум можеше да се чуе отвън.
**Y cualquier ruido que hacía hacía que la familia se quedara
en silencio.**
И всеки шум, който издаваше, караше семейството да
замълчи.
"¿Qué está haciendo ahora?" preguntó el padre a la familia.
„Какво прави той сега?“, попита бащата семейството.
Y fue a la puerta para comprobar qué era aquel ruido.
И той отиде до вратата, за да провери какъв е шумът.

Y luego la conversación interrumpida se reanudó gradualmente.

И тогава прекъснатият разговор постепенно се възобнови.

Pero lo que dijo el padre sorprendió positivamente a todos.

Но това, което бащата каза, изненада всички положително.

Gregor ahora conoció la verdadera situación de las finanzas.

Грегор сега научи истинското финансово състояние.

A pesar de todas las desgracias, hubo algo de buena suerte.

Въпреки всички нещастия, имаше и добър късмет.

Aún quedaba allí una muy pequeña fortuna de los viejos tiempos.

Много малко състояние от миналото все още беше там.

El padre explicó las cosas, pero tuvo que repetirlas.

Бащата обясни нещата, но трябваше да повтори.

Porque hacía tiempo que no se ocupaba de estas cosas.

Защото от известно време не се беше занимавал с тези неща.

Y porque la madre no entendía tales cosas.

И защото майката не разбираше такива неща.

Los tipos de interés del banco habían subido un poco.

Лихвените проценти от банката се бяха повишили леко.

El dinero intacto había aumentado más de lo esperado.

Недокоснатите пари се бяха увеличили повече от очакваното.

Además Gregor siempre les había dado sus ahorros.

Освен това, Грегор винаги им беше давал спестяванията си.

Sólo había conservado unos pocos florines para sí.

Той винаги беше задържал само няколко гулдена за себе си.

Y su dinero aún no se había agotado por completo.

И парите му не бяха напълно изразходвани.

En conjunto, este dinero se había acumulado hasta formar un pequeño capital.

Заедно тези пари се бяха натрупали в малък капитал.

Gregor, detrás de su puerta, asintió con entusiasmo ante la noticia.

Грегор, зад вратата си, кимна нетърпеливо в отговор на новината.

Le agradó esta inesperada cautela y frugalidad.

Той беше доволен от тази неочаквана предпазливост и пестеливост.

Los fondos sobrantes podrían haberse utilizado para pagar la deuda.

Излишните средства биха могли да бъдат използвани за изплащане на дълга.

Entonces ya no le deberían nada al patrón.

Тогава вече нямаше да дължат нищо на шефа.

Y Gregor podría haber cambiado de trabajo mucho antes.

И Грегор можеше да се премести на нова работа много по-рано.

Pero ahora la manera como el padre lo dispuso estaba mucho mejor.

Но начинът, по който бащата го уреди, сега беше много по-добър.

El dinero no era suficiente para vivir de los intereses.

Парите не бяха съвсем достатъчни, за да се живее от лихвите.

Y había que reservar algo de dinero para emergencias.

И трябваше да се заделят някои пари за спешни случаи.

Sólo habría sido suficiente dinero para uno o dos años.

Парите щяха да са достатъчни само за година-две.

Esto significaba que alguien tenía que ganar dinero para que pudieran vivir.

Това означаваше, че някой трябва да печели пари, за да живеят.

El padre no estaba enfermo y era bastante fuerte.

Бащата не беше болен и беше достатъчно силен.

Pero llevaba más de cinco años sin trabajo.

Но той беше безработен повече от пет години.

Y, debido a su edad, le quedaba poca confianza en sí mismo.

И поради възрастта си, той нямаше почти никакво самочувствие.

También había engordado mucho en los últimos tiempos.

Той също така беше качил доста килограми напоследък.

Su vida siempre había sido ardua y sin éxito.

Животът му винаги е бил труден и неуспешен.

Y éstas habían sido las primeras vacaciones que había tenido.

И това беше първата му почивка.

Y sin estar ocupado se había vuelto bastante torpe.

И без да бъде зает, той беше станал доста непохватен.

¿Sería mejor si la anciana madre ganara el dinero?

Щеше ли да е по-добре, ако старата майка печелеше парите?

La anciana madre que sufría de asma.

Възрастната майка, която страдаше от астма.

La anciana madre que luchaba por subir las escaleras.

Старата майка, която се мъчеше да се качи по стълбите.

La anciana madre que pasaba el tiempo tumbada en el sofá.

Старата майка, която прекарваше времето си, излежавайки се на дивана.

La anciana madre que prefería quedarse junto a la ventana.

Старата майка, която предпочиташе да стои до прозореца.

Para poder recuperar el aliento cuando lo necesitara.

За да може да си поеме дъх, когато има нужда.

¿Sería mejor si la hermana joven ganara el dinero?

Щеше ли да е по-добре, ако по-младата сестра печелеше парите?

La hermana, que a sus diecisiete años era todavía apenas una niña.

Сестрата, която на седемнадесет години беше все още дете.

La hermana que sólo tuvo unos pocos placeres modestos.

Сестрата, която имаше само няколко скромни удоволствия.

La hermana a quien le gustaba principalmente tocar el violín.

Сестрата, която най-вече се наслаждаваше на свиренето на цигулка.

Ella sabía que su anterior forma de vida era muy envidiable;

Тя знаеше, че предишният й начин на живот е бил много завиден;

Vestirse bien, levantarse tarde, ayudar en la casa.

Да се обличаш добре, да ставаш късно, да помагаш в къщата.

La conversación a menudo giraba en torno a la necesidad de ganar dinero.

Разговорът често се насочваше към нуждата от печелене на пари.

Gregor siempre era el primero en soltar la puerta.

Грегор винаги пръв пускаше вратата.

La conversación lo puso caliente de vergüenza y dolor.

Разговорът го разпали от срам и мъка.

Entonces se dejó caer en el refrescante sofá de cuero.

Затова се хвърли върху изстиващия кожен диван.

Y a menudo pasaba el resto de la noche en el sofá.

И често прекарваше остатъка от нощта на дивана.

Nunca durmió realmente en el sofá, ni tampoco por la noche.

Той никога не спеше истински на дивана, нито през нощта.

A menudo, simplemente se quedaba rascando el cuero durante horas y horas.

Често той просто драскаше кожата с часове.

Otras veces empujaba el sillón hacia la ventana.

Друг път той бутваше креслото до прозореца.

Esto solo requirió un gran esfuerzo de su parte.

Само това изискваше големи усилия от негова страна.

El sillón le ayudó a subirse al alféizar de la ventana.

Фотьойлът му помогна да се качи на перваза на прозореца.

Y desde allí pudo apoyarse en la ventana.

И оттам той можеше да се облегне на прозореца.

Solía sentir una gran sensación de libertad al hacer esto.

Той изпитваше огромно чувство на свобода, правейки това.

Quizás estaba buscando algún viejo sentimiento liberador.
Може би е търсел някакво старо чувство на освобождаване.
Pero su visión no era tan nítida como solía ser.
Но зрението му не беше толкова остро, колкото преди.
Las cosas a cierta distancia se veían borrosas e indistintas.
Нещата на известно разстояние бяха размазани и неясни.
Ya no podía ver el hospital al otro lado de la calle.
Вече не можеше да види болницата отсреща.
Antes había maldecido la vista, ahora quería verla.
Преди беше проклинал гледката, сега искаше да я види.
Sabía que vivía en la tranquila y urbana Charlottenstrasse.
Той знаеше, че живее на тихата, градска улица
„Шарлотенщрасе“.
Pero podría haber pensado que estaba mirando el desierto.
Но може би си е помислил, че гледа в пустинята.
Un páramo donde el cielo gris y la tierra gris se fusionaban.
Пустошта, където сивото небе и сивата земя се сливаха.
**La atenta hermana notó dos veces que la silla se había
movido.**
Два пъти внимателната сестра забеляза, че столът се е
преместил.
Después de ordenar, empujó la silla hacia la ventana.
След като подреди, тя бутна стола обратно до прозореца.
Y a partir de ahora incluso dejó la ventana abierta.
И отсега нататък тя дори оставяше крилото на прозореца
отворено.
**Gregor realmente hubiera deseado poder hablar con su
hermana.**
Грегор наистина искаше да можеше да говори със сестра
си.
Quería agradecerle por todo lo que hizo por él.
Той искаше да ѝ благодари за всичко, което направи за
него.
Entonces habría tolerado más fácilmente sus servicios.
Тогава щеше да понася услугите им по-лесно.
Pero tal como estaban las cosas, él sufrió por su ayuda.

Но така или иначе, той страдаше от това, че тя му
помагаше.
La hermana, por supuesto, intentó disimular la vergüenza.
Сестрата, разбира се, се опита да прикрие смущението.
**Y ella hizo todo lo posible para fingir que no se sentía
agobiada.**
И тя правеше всичко възможно да се преструва, че не се
чувства обременена.
Por supuesto, esto es algo que tenía que practicar primero.
Разбира се, това е нещо, което тя първо трябваше да
практикува.
Y cuanto más tiempo pasaba, mejor lo hacía.
И колкото повече време минаваше, толкова по-добра
ставаше в това.
**Pero a Gregor también se le dio más tiempo para ver su
pretensión.**
Но на Грегор му беше дадено и повече време да види
преструвките й.
Incluso su entrada a su habitación fue una prueba para él.
Дори влизането й в стаята му беше истинско изпитание за
него.
Tan pronto como entró, corrió directamente a la ventana.
Щом влезе, тя хукна право към прозореца.
Ni siquiera se tomó el tiempo de cerrar la puerta.
Тя дори не отдели време да затвори вратата.
**Normalmente ella evitaba que todos vieran la habitación de
Gregor.**
Обикновено тя не показваше на всички стаята на Грегор.
Y abrió la ventana de golpe con manos apresuradas.
И тя отвори прозореца с припряни ръце.
Luego volvió a respirar como si se estuviera asfixiando.
После отново си пое дъх, сякаш се задушаваше.
El aire que entraba era frío y ella respiraba profundamente.
Влизащият въздух беше студен и тя си пое дълбоко дъх.
Pero aún así se quedó junto a la ventana por un rato.
Но въпреки това тя остана известно време до прозореца.
Con esta rutina asustaba a Gregor dos veces al día.

Тя плашеше Грегор по два пъти на ден с тази рутина.

Mientras ella estaba en la habitación él temblaba debajo del sofá.

Докато тя беше в стаята, той трепереше под дивана.

Él sabía que a ella le habría gustado ahorrarle esa terrible experiencia.

Той знаеше, че тя би искала да му спести това изпитание.

Pero ella no podía estar en la habitación con la ventana cerrada.

Но тя не можеше да бъде в стаята със затворен прозорец.

Hubo una ocasión en que ella llegó un poco antes.

Веднъж тя дойде малко по-рано.

Probablemente alrededor de un mes después de la transformación de Gregor.

Вероятно около месец след трансформацията на Грегор.

Ella se había acostumbrado un poco a su nueva apariencia.

Тя донякъде беше свикнала с новия му външен вид.

Así que ya no tenía por qué estar particularmente sorprendida.

Така че тя вече нямаше причина да бъде особено шокирана.

Ella lo encontró todavía mirando por la ventana, inmóvil.

Тя го намери все още неподвижно втренчен през прозореца.

Estaba en el lugar más horrible en el que podría haber estado.

Той се намираше на най-ужасното място, на което можеше да се окаже.

No le habría sorprendido si ella no hubiera entrado.

Нямаше да се изненада, ако тя не беше влязла.

Donde le impidió abrir la ventana.

Където той ѝ попречи да отвори прозореца.

Ella salió rápidamente de la habitación y cerró la puerta.

Тя бързо излезе от стаята и отново затвори вратата.

Un extraño podría haber llegado a todo tipo de conclusiones.

Един непознат би могъл да стигне до всякакви заключения.

Quizás sólo estaba esperando la oportunidad de morderla.
Може би просто чакаше възможността да я ухапе.
Gregor, por supuesto, se escondió inmediatamente debajo del sofá.
Грегор, разбира се, веднага се скри под дивана.
Pero tuvo que esperar hasta el mediodía para que su hermana regresara.
Но трябваше да чака до обяд, за да се върне сестра му.
Y ella parecía mucho más inquieta que de costumbre.
И тя изглеждаше много по-неспокойна от обикновено.
Se dio cuenta de que verlo todavía era insoportable.
Той осъзна, че гледката му все още е непоносима.
Verlo seguiría siendo insoportable para ella.
Гледката му щеше да остане непоносима за нея.
Probablemente no podría soportar ver ninguna parte de él.
Вероятно не би могла да понесе да види каквато и да е част от него.
Siempre sobresalía una pequeña parte de debajo del sofá.
Една малка част винаги стърчеше изпод дивана.
Un día llevó una sábana sobre su espalda hasta el sofá.
Един ден той носеше чаршаф на гръб към дивана.
Quería evitar que ella viera cualquier parte de él.
Той искаше да я предпази от това да види каквато и да е част от него.
Él dispuso la sábana de tal manera que todo él quedara oculto.
Той нагласи чаршафа така, че да бъде скрит целият му вид.
Incluso si se agachara no podría verlo.
Дори и да се наведеше, нямаше да може да го види.
Todo el esfuerzo le llevó a Gregor más de tres horas.
Цялото усилие отне на Грегор повече от три часа.
Quizás pensó que la sábana era innecesaria.
Може би си е помислила, че чаршафът е ненужен.
Ella habría sabido que él no quería la sábana.
Тя щеше да знае, че той не иска чаршафа.
Lo hacía para su comodidad, no para la suya propia.

Правеше го за нейно удобство, а не за себе си.
Y podría haber quitado la sábana si hubiera querido.
И можеше да махне чаршафа, ако искаше.
Pero dejó la sábana donde Gregor la había puesto.
Но тя остави чаршафа там, където го беше сложил Грегор.
Y Gregor incluso creyó haber captado una mirada de agradecimiento.
И Грегор дори си помисли, че е уловил благодарен поглед.
Había levantado suavemente la sábana con la cabeza.
Той внимателно повдигна чаршафа с глава.
Quería ver si a su hermana le gustaba el arreglo.
Той искаше да види дали сестра му харесва уговорката.

Las dos primeras semanas fueron las más difíciles para los padres.
Първите две седмици бяха най-трудни за родителите.
No pudieron animarse a entrar y verlo.
Те не можеха да се накарат да влязат и да го видят.
Escuchó muchas de sus conversaciones en ese momento.
По това време той подслуша много от разговорите им.
Reconocieron plenamente todo lo que hacía la hermana.
Те напълно признаваха всичко, което сестрата правеше.
Aunque solían estar molestos con ella a menudo.
Въпреки че често ѝ се дразнеха.
Porque ella parecía ser una chica un tanto inútil.
Защото тя изглеждаше донякъде безполезно момиче.
Ahora eran ellos quienes esperaban al otro lado de la habitación.
Сега те чакаха от другата страна на стаята.
Y fue ella quien entró en la habitación a hacer todo.
И тя беше тази, която влезе в стаята, за да направи всичко.
Tan pronto como salió quisieron saberlo todo.
Щом тя излезе, те поискаха да знаят всичко.
Tenía que decirles exactamente cómo era la habitación.
Тя трябваше да им каже точно как изглежда стаята.
¿Qué comió Gregor? ¿Cómo se comportó esta vez?
„Какво ядеше Грегор? Как се държеше този път?“

"¿Quizás se notó una ligera mejoría?"
„Вероятно имаше леко подобрение, което да се забележи?"
La madre, por cierto, fue en realidad más valiente.
Между другото, майката всъщност беше по-смела.
Y por supuesto, era su propio hijo el que estaba dentro de la habitación.
И разбира се, в стаята беше нейният собствен син.
En realidad quería visitar a Gregor relativamente pronto.
Всъщност тя искаше да посети Грегор сравнително скоро.
Pero al principio el padre y la hermana la frenaron.
Но бащата и сестрата първоначално я възпирали.
Le dieron argumentos muy racionales para que no fuera.
Те изложиха много рационални аргументи за това тя да не ходи.
Gregor escuchó con mucha atención sus razonamientos.
Грегор слушаше много внимателно разсъжденията им.
Y él aceptó el razonamiento tanto como su madre.
И той приемаше разсъжденията толкова, колкото и майка му.
Pero más tarde hubo que retenerla por la fuerza.
По-късно обаче се наложило тя да бъде задържана със сила.
"¡Déjame entrar con Gregor, es mi desdichado hijo!"
„Пусни ме вътре при Грегор, той е моят нещастен син!"
-¿No entiendes que tengo que ir a verlo?
— Не разбираш ли, че трябва да отида да го видя?
Gregor también se dejó convencer por los argumentos de su madre.
Грегор също беше убеден от аргументите на майка си.
Quizás tenía razón: sería bueno que entrara.
Може би беше права; щеше да е добре, ако влезе.
Venir a verlo todos los días sería demasiado.
Да идвам да го виждам всеки ден би било твърде много.
Pero verlo una vez a la semana podría ser suficiente.
Но да го виждам може би веднъж седмично може би ще е достатъчно.

Ella podría entender las cosas mucho mejor que la hermana.

Тя може би разбира нещата много по-добре от сестрата.

A pesar de todo su coraje, ella todavía era sólo una niña.

Въпреки цялата си смелост, тя все още беше само дете.

Quizás la imprudencia infantil la impulsó a aceptar esa tarea.

Може би детинско безразсъдство я е накарало да се заеме със задачата.

Pero el deseo de Gregor de ver a su madre pronto se hizo realidad.

Но желанието на Грегор да види майка си скоро се сбъдна.

Durante el día Gregor se mantenía alejado de la ventana.

През деня Грегор стоеше далеч от прозореца.

Lo hizo por consideración a sus padres.

Той направи това от уважение към родителите си.

No tenía mucho espacio para arrastrarse por el suelo.

Нямаше много място да пълзи по пода.

Le resultaba difícil permanecer quieto durante la noche.

Трудно му беше да лежи неподвижно през нощта.

Comer ya no le producía el más mínimo placer.

Храненето вече не му доставяше и най-малко удоволствие.

Por supuesto que tenía que encontrar alguna manera de distraerse.

Разбира се, трябваше да намери някакъв начин да се разсее.

Para entretenerse se arrastraba por las paredes.

За да се забавлява, той пълзеше нагоре-надолу по стените.

Y también se arrastró por el techo, boca abajo.

И той също пълзеше по тавана, с главата надолу.

Estaba especialmente feliz cuando colgaba del techo.

Той беше особено щастлив, когато висеше от тавана.

Fue completamente diferente a estar tendido en el suelo.

Беше съвсем различно от това да лежиш на пода.

Le resultó mucho más fácil respirar en esta posición.

В това положение му беше много по-лесно да диша.

Una ligera pero agradable vibración recorrió su cuerpo.

Лека, но приятна вибрация премина през тялото му.

A veces incluso se relajaba demasiado en su felicidad.

Понякога дори се отпускаше прекалено много в щастието си.

A veces se distraía y se soltaba del techo.

Понякога се разсейваше и пускаше тавана.

Y para su propia sorpresa, aterrizó de nuevo en el suelo.

И за своя изненада той се приземи обратно на земята.

Pero tenía mucho mejor control de su cuerpo que antes.

Но той имаше много по-добър контрол над тялото си от преди.

Para que ahora no se haga daño con caídas tan fuertes.

Така че сега не се е наранил от толкова големи падания.

La hermana notó inmediatamente el nuevo placer de Gregor.

Сестрата веднага забеляза новото удоволствие на Грегор.

Y había restos de adhesivo donde se había arrastrado.

И имаше следи от лепило там, където беше пропълзял.

Aquí nuevamente la hermana pensó en el bienestar de Gregor.

Тук сестрата отново се замисли за благополучието на Грегор.

Quizás apreciaría más espacio para gatear.

Може би би оценил повече място за пълзене.

Y la idea se instaló firmemente en su cabeza.

И идеята здраво се затвърди в главата ѝ.

Algunos de los muebles de gran tamaño impedían su libre movimiento.

Някои от големите мебели пречеха на свободното му движение.

Ya no trabajaba así que no necesitaba el escritorio.

Той вече не работеше, така че нямаше нужда от бюрото.

Y la caja ocupaba más espacio del necesario. ***

И кутията заемаше повече място, отколкото беше необходимо. ***

La hermana no era capaz de mover estas cosas sola.

Сестрата не беше в състояние да премести тези неща сама.

Por supuesto que no se atrevió a pedirle ayuda al padre.

Разбира се, тя не посмя да помоли бащата за помощ.

La criada seguramente tampoco la habría ayudado.

Прислужницата със сигурност също нямаше да й помогне.

La nueva criada era de hecho un año más joven que ella.

Новата прислужница всъщност беше с година по-млада от нея.

Ella había asumido valientemente el papel de ex sirvienta.

Тя смело се беше вписала в ролите на бившата прислужница.

Pero había un privilegio que ella insistía en tener.

Но имаше една привилегия, която тя настояваше да има.

Ella quería mantener la cocina cerrada en todo momento.

Тя искаше да държи кухнята заключена през цялото време.

Así que la hermana no tuvo más remedio que preguntarle a su madre.

Така че сестрата нямала друг избор, освен да попита майка си.

Con gritos de emocionada alegría la madre acudió a ayudar.

С викове на възбудена радост майката се притече на помощ.

Pero ella se quedó en silencio en la puerta de la habitación de Gregor.

Но тя замълча пред вратата на стаята на Грегор.

La hermana comprobó que todo en la habitación estuviera bien.

Сестрата провери дали всичко в стаята е наред.

Gregor había tirado apresuradamente la sábana aún más fuerte.

Грегор набързо беше дръпнал чаршафа още по-стегнато.

Aunque la sábana todavía parecía colocada al azar.

Въпреки че чаршафът все още изглеждаше хаотично подреден.

Y sólo entonces dejó que su madre entrara en la habitación.

И едва тогава тя пусна майка си в стаята.

Gregor también se abstuvo de espiar desde debajo de la sábana.

Грегор също се въздържа да шпионира изпод чаршафа.

Decidió no volver a ver a su madre esta vez.

Той реши да се откаже от срещата с майка си този път.

Gregor estaba muy contento de que ella hubiera entrado.

Грегор беше достатъчно щастлив, че тя изобщо беше влязла.

"Pasa, no puedes verlo", dijo la hermana.

„Влизай, не можеш да го видиш", каза сестрата.

Gregor supuso que ella llevaba a su madre de la mano.

Грегор предположи, че тя води майка си за ръка.

Entonces escuchó a las dos mujeres débiles moviendo los muebles.

Тогава чу как двете слаби жени местят мебелите.

La hermana parecía reclamar la mayor parte del trabajo para ella misma.

Сестрата сякаш претендираше за по-голямата част от работата за себе си.

Su madre temía que se esforzara demasiado.

Майка й се страхуваше, че ще се пренапрегне.

Pero la hermana no hizo caso a estas advertencias.

Но сестрата не обърна внимание на тези предупреждения.

Pero incluso después de quince minutos el progreso era muy lento.

Но дори и след петнадесет минути напредъкът беше много бавен.

No habían conseguido mover los muebles muy lejos.

Не бяха успели да преместят мебелите много далеч.

Poco a poco empezaron a sentir una sensación de derrota.

Те бавно започваха да чувстват чувство на поражение.

La madre fue la primera en admitir la inutilidad.

Майката първа призна безсмислието.

"Quizás sería mejor dejar la caja aquí."

„Може би ще е по-добре да оставим кутията тук."

"La caja es demasiado pesada para que podamos moverla mucho más lejos".

„Кутията е твърде тежка, за да се придвижим много по-далеч."

"Y no terminaremos antes de que llegue tu padre."

„И няма да свършим, преди баща ти да пристигне.“

Dejar la caja aquí le bloquearía aún más el camino.

„Ако оставим кутията тук, това ще му препречи пътя още повече.“

"¿Y podemos estar seguros de que le estamos haciendo un favor?"

„И можем ли да бъдем сигурни, че му правим услуга?“

Comenzaron a pensar que bien podría ser cierto lo opuesto.

Те започнаха да мислят, че обратното може би е вярно.

La visión de la pared vacía pesó mucho en su corazón.

Гледката на празната стена тежеше на сърцето ѝ.

¿Quién diría que Gregor no se sentiría así también?

Какво да кажем, че Грегор също не би се чувствал така?

"Ya está acostumbrado a los muebles de su habitación."

„Той вече е свикнал с мебелите в стаята си.“

"Podría sentirse aún más abandonado en una habitación vacía".

„В празна стая може да се почувства още по-изоставен.“

Para entonces su voz se había reducido casi a un susurro.

По този момент гласът ѝ почти се беше снишил до шепот.

En realidad no sabía el paradero exacto de Gregor.

Тя всъщност не знаеше точното местонахождение на Грегор.

Ella no quería ni siquiera que él escuchara el sonido de su voz.

Тя не искаше той дори да чуе звука на гласа ѝ.

Aunque ella estaba segura de que él no la entendía.

Въпреки че беше сигурна, че той не я разбира.

"¿No parecería como si lo hubiéramos abandonado por completo?"

„Не би ли изглеждало, че сме се отказали напълно от него?“

"¿No sentirá que lo estamos dejando solo?"

„Няма ли да се почувства така, сякаш го оставяме да се справя сам?“

"Deberíamos dejar la habitación exactamente como estaba".

„Трябва да оставим стаята точно такава, каквато беше.“

"Al final Gregor volverá con nosotros como antes."
„В крайна сметка Грегор ще се върне при нас такъв,
какъвто беше.“
"Entonces encontrará que todo sigue en su lugar."
„Тогава ще открие, че всичко си е на мястото.“
"Y olvidará mucho más fácilmente el período interino".
„И той ще забрави междинния период много по-лесно.“
Cuando Gregor escuchó estas palabras se dio cuenta de algo.
Когато Грегор чу тези думи, той осъзна нещо.
Su mente se había vuelto confusa durante los últimos dos
meses.
През последните два месеца умът му се беше объркал.
La falta de interacción humana no había sido buena para él.
Липсата на човешко взаимодействие не му се отрази
добре.
Realmente necesitaba la vida monótona en medio de su
familia.
Той наистина се нуждаеше от монотонния живот сред
семейството си.
¿Por qué si no habría hecho una exigencia tan absurda?
Защо иначе би отправил такова безсмислено искане?
¿Qué sentido tenía vaciar su habitación?
Какъв смисъл имаше да изпразва стаята си?
La cómoda habitación amueblada con muebles heredados.
Уютната стая е обзаведена с наследени мебели.
¿Por qué querría convertir ese calor conocido en una cueva?
Защо би искал да превърне тази позната топлина в
пещера?
Una cueva donde poder arrastrarse en todas direcciones en
paz.
Пещера, където можеше да пълзи спокойно във всички
посоки.
Pero una cueva en la que olvidó rápidamente su pasado
humano.
Но пещера, в която той бързо забрави човешкото си
минало.
Tuvo que preguntarse si ya estaba cerca de olvidar.

Трябваше да се зачуди дали вече е близо до забравянето.

La voz de su madre lo había sacudido y lo había hecho recordar.

Гласът на майка му го разтърси и го накара да си спомни.

La voz que no había oído durante tanto tiempo.

Гласът, който не беше чувал от толкова дълго време.

No había que quitar nada, todo tenía que quedar.

Нищо не трябваше да се премахва; всичко трябваше да остане.

Los muebles influyeron positivamente en su condición.

Мебелите наистина повлияха положително на състоянието му.

Y no podría vivir sin este ancla en el pasado.

И той не можеше да се справи без тази котва, свързана с миналото.

Los muebles impedían que se arrastrara sin sentido.

Мебелите му пречеха да пълзи безсмислено наоколо.

Pero eso no fue una pérdida, sino más bien una gran ventaja.

Но това не беше загуба, а по-скоро голямо предимство.

Lamentablemente la hermana tenía una opinión muy diferente.

За съжаление сестрата беше на съвсем различно мнение.

Ella se había convertido en una especie de portavoz de Gregor.

Тя донякъде се беше превърнала в говорител на Грегор.

Por supuesto que su opinión no era del todo injustificada.

Разбира се, мнението ѝ не беше напълно неоснователно.

Pero aquí la opinión de su madre tuvo que ser contradicha.

Но мнението на майка ѝ трябваше да бъде опровергано тук.

Ahora no era solo la caja la que había que retirar.

Не само кутията трябваше да бъде премахната сега.

Ni su escritorio ni el armario podían permanecer allí.

Бюрото му и гардеробът също не можеха да останат.

Lo único imprescindible era el sofá.

Единственото незаменимо нещо беше диванът.

Ella no decidió esto sólo por desafío infantil.

Тя не реши това просто от детинско неподчинение.

Tampoco fue su recientemente adquirida confianza en sí misma.

Не беше и наскоро придобитата ѝ самоувереност.

La nueva confianza que tuvo que trabajar muy duro para ganar.

Новата увереност, за която трябваше да работи толкова усилено.

Aunque nadie esperaba que ella pudiera hacerlo.

Въпреки че никой не е очаквал, че тя ще може да го направи.

Gregor realmente necesitaba mucho espacio para gatear.

Грегор наистина се нуждаеше от много място, за да пълзи.

Los muebles sólo limitaban el espacio del que disponía.

Мебелите само ограничаваха пространството, с което разполагаше.

Ella podía ver estas cosas mejor que la madre.

Тя можеше да вижда тези неща по-добре от майката.

Pero quizá su espíritu romántico también jugó un papel.

Но може би романтичният ѝ дух също е изиграл роля.

Las niñas de esa edad suelen desarrollar cierto entusiasmo.

Момичетата на тази възраст често придобиват известен ентусиазъм.

Y sienten la necesidad de salirse con la suya siempre que pueden.

И чувстват нужда да постигнат своето, когато могат.

Quizás por eso quería sabotearlo en secreto.

Може би затова е искала тайно да го саботира.

Es aún más aterrador cuando se arrastra por las paredes.

Той е още по-страшен, когато пълзи по стените.

Los padres ya no se atrevían a entrar en la habitación.

Родителите вече не смееха да влязат в стаята.

Ella realmente sería la única cuidadora de su hermano.

Тя наистина щеше да бъде единствената грижеща се за брат си.

Ella no dejó que su madre la persuadiera de lo contrario.

Тя не позволи на майка си да я убеди в противното.

La madre de Gregor ya se sentía incómoda en la habitación.

Майката на Грегор вече се чувстваше неспокойно в стаята.

Pronto dejó de hablar y ayudó nuevamente a su hija.

Тя скоро спря да говори и отново помогна на дъщеря си.

Con las fuerzas que les quedaban retiraron el armario.

С останалите си сили те премахнаха гардероба.

La cómoda era algo de lo que podía prescindir.

Скринът беше нещо, без което можеше да се справи.

Pero el escritorio tendría que quedarse allí por el momento.

Но бюрото щеше да трябва да остане засега.

Mientras las mujeres estaban ausentes, trató de evaluar la habitación.

Докато жените ги нямаше, той се опита да огледа стаята.

Y Gregor asomó la cabeza por debajo del sofá.

И Грегор подаде глава изпод дивана.

Tenía que ver qué podía hacer con la situación.

Трябваше да види какво може да направи по отношение на ситуацията.

Pero fue lo más cuidadoso y considerado posible.

Но той беше максимално внимателен и внимателен.

Desgraciadamente fue la madre quien regresó primero.

За съжаление, майката се върна първа.

Grete todavía estaba moviendo el armario en la habitación de al lado.

Грете все още местеше гардероба в съседната стая.

Pero la madre no estaba acostumbrada a ver a Gregor.

Но майката не беше свикнала с гледката на Грегор.

Incluso un simple vistazo a él podría haberla enfermado.

Дори само един поглед към него можеше да й прилошее.

Gregor se apresuró a retroceder hasta el otro extremo del sofá.

Грегор забърза назад към другия край на дивана.

Pero no podía retroceder y equilibrar la sábana.

Но не можеше да се отдръпне и да запази равновесие върху чаршафа.

El movimiento fue suficiente para llamar la atención de la madre.

Движението беше достатъчно, за да привлече вниманието на майката.

Ella hizo una pausa y se quedó muy quieta por un breve momento.

Тя се спря и замълча за кратък миг.

Luego se dio la vuelta y salió de la habitación.

След това тя се обърна и отново излезе от стаята.

Gregor seguía diciéndose a sí mismo que no había ocurrido nada inusual.

Грегор непрекъснато си повтаряше, че не се е случило нищо необичайно.

"Son sólo algunos muebles que se han llevado".

„Това са просто някои мебели, които са били изнесени.“

Pero pronto tuvo que admitir que los acontecimientos le afectaron.

Но скоро трябваше да признае, че събитията са го засегнали.

Las mujeres habían estado diciendo todo lo que estaban haciendo.

Жените разказваха всичко, което правеха.

Habían estado caminando de un lado a otro por la habitación.

Те се разхождаха напред-назад из стаята.

El rayado de todos los muebles en el suelo.

Драскането на всички мебели по пода.

Se sentía como si lo atacaran desde todos lados.

Чувстваше се сякаш е нападнат от всички страни.

Apretó la cabeza y las piernas lo más fuerte que pudo.

Той придърпа главата и краката си колкото можеше по-плътно.

Con todas sus fuerzas presionó su cuerpo contra el suelo.

С всички сили той притисна тялото си към земята.

Sabía que no podría soportar todo esto por mucho más tiempo.

Той знаеше, че не може да търпи всичко това дълго.

Vaciaron su habitación y se llevaron todo lo que amaba.

Изчистиха стаята му и взеха всичко, което обичаше.

Ya se habían llevado la caja que contenía todas sus
herramientas.
Те вече бяха взели кутията, съдържаща всичките му
инструменти.
Ahora estaban aflojando su pesado escritorio del suelo.
Сега те разхлабваха тежкото му бюро от земята.
El escritorio en el que había trabajado después de regresar
del trabajo.
Бюрото, на което беше работил, след като се беше върнал
от работа.
El escritorio en el que había escrito sus tareas comerciales.
Бюрото, на което беше написал служебните си задачи.
El escritorio en el que había hecho sus deberes en la escuela
secundaria.
Бюрото, на което си беше писал домашните в средното
училище.
Sí, ya había tenido este pupitre en la escuela primaria.
Да, той вече беше имал това бюро в началното училище.
Realmente no tuvo tiempo de confirmar sus buenas
intenciones.
Той наистина нямаше време да потвърди добрите им
намерения.
Aunque ya casi había olvidado que estaban allí.
Въпреки че почти беше забравил, че така или иначе са
там.
Porque trabajaban en silencio, por el cansancio.
Защото работеха мълчаливо, поради изтощение.
Estaban demasiado cansados para anunciar sus movimientos
ahora.
Бяха твърде уморени, за да обявят движенията си сега.
Lo único que oyó fueron sus pesados pasos en el suelo.
Чуваше само тежките им стъпки по пода.
Justo en ese momento estaban apoyados sobre la caja.
Точно в този момент те се бяха облегнали на кутията.
Y entonces Gregor salió de debajo del sofá.
И точно тогава Грегор излезе изпод дивана.
Cambió la dirección en la que corría cuatro veces.

Той промени посоката, в която тичаше, четири пъти.

No podía decidir qué elemento debía salvarse primero.

Той не можеше да реши кой предмет трябва да бъде спасен първо.

De repente su atención se dirigió a la pared vacía.

Внезапно вниманието му беше привлечено от празната стена.

Lo único que le quedó fue la fotografía de la dama con pieles.

Всичко, което му бяха оставили, беше снимката на дамата с козина.

Se arrastró hasta la imagen para presionar su cuerpo contra el de ella.

Той пропълзя до картината, за да притисне тялото си към нея.

Y su cuerpo cubrió completamente la vista de la imagen.

И тялото му напълно закриваше гледката към картината.

El vaso lo sostuvo y reconfortó su vientre caliente.

Чашата го държеше изправен и успокояваше горещия му корем.

Esta fotografía ya no se la pudieron quitar.

Тази снимка вече не можеше да му бъде взета.

Luego giró la cabeza hacia la puerta de la sala de estar.

След това той обърна глава към вратата на хола.

Iba a observar mientras las mujeres regresaban a la habitación.

Той щеше да наблюдава как жените се връщат в стаята.

Y no descansaron mucho antes de regresar nuevamente.

И не починаха дълго, преди да се върнат отново.

El brazo de Grete rodeaba a su madre para ayudarla a caminar.

Ръката на Грете беше около майка ѝ, за да ѝ помогне да ходи.

"¿Qué nos llevamos ahora?" dijo Grete y miró a su alrededor.

„Какво ще вземем сега?“ – каза Грете и се огледа.

Justo en ese momento su mirada se encontró con los ojos de Gregor.

Точно в този момент погледът ѝ срещна очите на Грегор.

A pesar del shock, mantuvo la presencia de ánimo.

Въпреки шока, тя запази присъствие на духа.

Probablemente sólo por la presencia de su madre.

Вероятно само заради присъствието на майка ѝ.

Ella inclinó su rostro hacia su madre, cubriéndole la vista.

Тя наведе лице към майка си, закривайки гледката си.

Y entonces dijo, aunque temblorosa y desconsiderada:

И тогава тя каза, макар и трепереща и безразсъдна:

-Vamos, ¿no deberíamos volver a la sala de estar?

„Хайде, не трябва ли да се върнем в хола?“

Gregor podía comprender fácilmente las intenciones de la hermana.

Грегор лесно можеше да разбере намеренията на сестрата.

Su primera prioridad fue poner a su madre a salvo.

Първата ѝ задача беше да доведе майка си на сигурно място.

Pero luego ella iba a perseguirlo desde la pared.

Но тогава тя щеше да го подгони от стената.

«¡Pues claro que puede intentarlo!», pensó Gregor para sus adentros.

„Е, тя със сигурност може да опита!“, помисли си Грегор наум.

Se sentó firmemente sobre su imagen y no renunció a ella.

Той седеше здраво на снимката си и не я изоставяше.

Preferiría haberle saltado en la cara a la hermana.

По-скоро би скочил в лицето на сестрата.

Pero las palabras de Grete preocuparon aún más a su madre.

Но думите на Грете разтревожиха майка ѝ още повече.

Ella se hizo a un lado para ver lo que le ocultaban.

Тя се отдръпна, за да види какво се крие от нея.

Y vio la mancha marrón en el papel pintado floreado.

И тя видя кафявото петно върху тапета на цветя.

Y ella gritó antes de darse cuenta de que era Gregor.

И тя изкрещя, преди дори да осъзнае, че това е Грегор.

"Oh Dios", gritó con los brazos extendidos.

„О, Боже“, изкрещя тя с протегнати ръце.

Y ella se dejó caer en el sofá como si se hubiera rendido.

И тя падна на дивана, сякаш се беше предала.

—¡Gregor! —gritó la hermana levantando el puño.

„Грегор!" извика сестрата към него с вдигнат юмрук.

Y ella le dirigió una mirada larga, dura y penetrante.

И тя му отправи дълъг, твърд и пронизващ поглед.

Esta era la primera vez que hablaba con él directamente.

Това беше първият път, когато тя говореше директно с него.

Corrió a la habitación de al lado para conseguir algunas sales aromáticas.

Тя изтича в съседната стая, за да вземе малко ароматизиращи соли.

Tenía que devolverle la conciencia a su madre.

Трябваше да върне майка си в съзнание.

Gregor quería ayudar, podría salvar la imagen más tarde.

Грегор искаше да помогне, можеше да запази снимката по-късно.

Pero él se había quedado firmemente pegado al cristal.

Но той се беше здраво залепил за стъклото.

Entonces tuvo que apartarse usando mucha fuerza.

Затова трябваше да се откъсне, използвайки много сила.

Él también corrió a la habitación de al lado, donde estaba la hermana.

Той също изтича в съседната стая, където беше сестрата.

En el pasado podría haberle dado algún consejo.

В миналото можеше да ѝ даде някакъв съвет.

Pero ahora no podía hacer nada más que quedarse de brazos cruzados y observar.

Но сега не можеше да направи нищо друго, освен да стои безучастно и да наблюдава.

Revolvió el cajón y abrió varias botellas.

Тя рових из чекмеджето, отваряйки различни бутилки.

Y todavía la asustó cuando ella se dio la vuelta.

И той все още я плашеше, когато се обърна.

Una botella cayó al suelo, se rompió y se astilló.

Бутилка падна на пода, счупи се и се разби на трески.

Una astilla de vidrio golpeó la cara de Gregor y lo hirió.

Стъклено парче удари лицето на Грегор и го нарани.

La botella contenía algún tipo de líquido cáustico.

Бутилката съдържаше някаква разяждаща течност.

Y ahora el líquido corrosivo quemaba la cara de Gregor.

И сега корозивната течност пареше лицето на Грегор.

Sin embargo, la hermana no tenía tiempo para Gregor en ese momento.

Сестрата обаче нямаше време за Грегор в момента.

Ella recogió tantas botellas como pudo.

Тя събра колкото се може повече от бутилките.

Y ella corrió de nuevo hacia su madre con la medicina.

И тя се затича обратно при майка си с лекарството.

Ella cerró la puerta con el pie, dejando afuera a Gregor.

Тя затръшна вратата с крак, изтръгвайки Грегор навън.

Ahora estaba separado de su madre, que estaba potencialmente moribunda.

Сега той беше откъснат от потенциално умиращата си майка.

Si abriera la puerta, echaría a la hermana.

Ако отвореше вратата, щеше да прогони сестрата.

Pero por supuesto tuvo que quedarse para cuidar a la madre.

Но разбира се, тя трябваше да остане, за да се грижи за майката.

Ya no podía hacer nada más que esperarlos.

Нямаше какво друго да направи сега, освен да ги чака.

Acosado por el autorreproche y la ansiedad, comenzó a gatear.

Измъчван от самоугризения и безпокойство, той започна да пълзи.

Se arrastró por todas partes: las paredes, los muebles, el techo.

Той пълзеше навсякъде; по стените, мебелите, тавана.

Sintió como si toda la habitación girara a su alrededor.

Имаше чувството, че цялата стая се върти около него.

Finalmente, desesperado y mareado, volvió a caer.

Накрая, отчаян и замаян, той падна обратно.

Y cayó justo encima de la gran mesa del comedor.

И той падна точно върху голямата маса в трапезарията.

Pasó algún tiempo tendido allí, entumecido e incapaz de moverse.

Той прекара известно време, лежейки там, вцепенен и неспособен да се движи.

Estaba exhausto por todo lo que el día le había traído.

Беше изтощен от всичко, което този ден му донесе.

Todo estaba tranquilo, pero tal vez eso era una buena señal.

Навсякъде беше тихо, но може би това беше добър знак.

Entonces, rompiendo el silencio, sonó el timbre de la puerta de afuera.

Тогава, нарушавайки тишината, звънецът на вратата отвън иззвъня.

La criada, por supuesto, se había encerrado en su cocina.

Прислужницата, разбира се, се беше заключила в кухнята си.

Así que la hermana era la única que podía abrir la puerta.

Така че сестрата беше единствената, която можеше да отвори вратата.

"¿Qué pasó?" fue lo primero que preguntó el padre.

„Какво се случи?“ беше първото нещо, което попита бащата.

La aparición de Grete probablemente le había dicho todo.

Видът на Грете вероятно му беше казал всичко.

La voz de Grete se volvió apagada y apagada mientras hablaba.

Гласът на Грете стана приглушен и глух, докато говореше.

Ella debió haber presionado su cara contra el pecho de su padre.

Сигурно е притиснала лице към гърдите на баща си.

"La madre estaba inconsciente, pero ahora se siente mejor".

„Майка ми беше в безсъзнание, но сега се чувства по-добре.“

—Gregor ha escapado —añadió, tal como él esperaba.

„Грегор е избягал“, добави тя, което той очакваше.

"Siempre te dije que algún día se escaparía."

„Винаги съм ти казвал, че един ден ще избяга."
—Pero vosotras, las mujeres, no quisisteis escucharme,
¿verdad?
„Но вие, жени, не искахте да ме слушате, нали?"
**Gregor se dio cuenta rápidamente de cómo vería las cosas su
padre.**
Грегор бързо осъзна как баща му би видял нещата.
**Había malinterpretado el mensaje demasiado breve de
Grete.**
Той беше разтълкувал погрешно прекалено краткото
послание на Грете.
Supuso que Gregor había cometido algún acto de violencia.
Той предположи, че Грегор е извършил някакъв акт на
насилие.
**Gregor tenía que encontrar una manera de apaciguar a su
padre de alguna manera.**
Грегор трябваше да намери начин да умилостиви баща си
по някакъв начин.
Porque no tuvo tiempo de explicarle las cosas.
Защото нямаше време да му обясни нещата.
Pero de todos modos no habría podido explicar las cosas.
Но така или иначе нямаше да може да обясни нещата.
Entonces huyó hacia la puerta y se pegó a ella.
Затова той избяга към вратата и се притисна към нея.
De esa manera su padre podría verlo desde la antesala.
По този начин баща му можеше да го види от
преддверието.
Y podría ver que tenía las mejores intenciones.
И щеше да може да види, че има най-добри намерения.
No había necesidad de empujarlo con una escoba.
Нямаше нужда да го бутат назад с метла.
**Lo único que el padre habría tenido que hacer era abrir la
puerta.**
Всичко, което бащата трябваше да направи, беше да
отвори вратата.
Pero él no estaba de humor para notar tales sutilezas.

Но той нямаше настроение да забелязва подобни тънкости.

"¡Ahí estás!" exclamó nada más entrar.

„Ето ви!", възкликна той веднага щом влезе.

Era como si estuviera enojado y feliz al mismo tiempo.

Сякаш беше едновременно ядосан и щастлив.

Echó la cabeza hacia atrás y miró al padre.

Той отметна глава назад и погледна бащата.

No se había imaginado que su padre estuviera allí así.

Не си беше представял баща си да стои там така.

Pero en los últimos tiempos había encontrado una nueva distracción.

Но напоследък той си беше намерил ново развлечение.

Gatear ahora ocupaba gran parte de su día.

Пълзенето сега заемаше голяма част от деня му.

Antes, él estaba al tanto de todas las novedades que ocurrían en el apartamento.

Преди това той следеше всички новини в апартамента.

Pero últimamente no había estado prestando tanta atención.

Но напоследък не беше обръщал толкова много внимание.

Debería haber estado preparado para afrontar los cambios.

Той трябваше да е подготвен за промени.

Sin embargo, ¿era este hombre que tenía delante todavía el padre?

Въпреки това, този мъж пред него все още ли беше бащата?

¿Era él el mismo hombre que solía yacer cansado en su cama?

Дали беше същият човек, който преди лежеше уморен в леглото си?

Cuando Gregor ya se había ido de viaje de negocios.

Когато Грегор вече беше заминал в командировка.

¿Era él el mismo hombre que lo saludaba por las noches?

Дали беше същият човек, който го поздравяваше вечер?

Cuando estaba en bata en su sillón.

Когато беше по халат в креслото си.

¿Era el mismo hombre que no pudo levantarse a darle la bienvenida?

Дали беше същият човек, който не можеше да стане, за да го посрещне?

Entonces, permaneciendo sentado, levantó el brazo en señal de alegría.

И така, оставайки седнал, той вдигна ръка в знак на радост.

¿Era el mismo hombre con el que salía a caminar de vez en cuando?

Дали беше същият човек, с когото ходеше на разходки от време на време?

En raras ocasiones: algunos domingos al año o días festivos.

В редки случаи: няколко недели в годината или празници.

¿Era el mismo hombre que caminaba envuelto en su abrigo?

Дали беше същият човек, който ходеше, увит в палтото си?

¿Avanzó lentamente, entre la madre y él?

Дали бавно се е придвижвал напред, между майката и него?

Y ellos ya caminaban lentamente por causa de él.

И те вече вървяха бавно заради него.

Pero ahora este hombre estaba de pie, fuerte y erguido.

Но сега този мъж стоеше силен и изправен.

Estaba vestido con un uniforme azul con botones dorados.

Той беше облечен в синя униформа със златни копчета.

Botones que llevan los empleados de las instituciones bancarias.

Копчета, които носят служителите на банковите институции.

Por encima del rígido cuello emergía su fuerte papada.

Над твърдата яка се очертаваше силната му двойна брадичка.

Bajo sus pobladas cejas se asomaban sus ojos negros.

Под гъстите му вежди гледаха черните му очи.

Ahora sus ojos parecían penetrantes, frescos y alertas.

Сега очите му изглеждаха пронизителни, свежи и бдителни.

El cabello blanco, anteriormente despeinado, fue peinado hacia abajo.

Разрошената преди това бяла коса беше сресана надолу.

Y su cabello ahora tenía una meticulosa raya central.

И косата му сега беше старателно разделена в центъра.

Arrojó su sombrero, que estaba adornado con un monograma dorado.

Той хвърли шапката си, върху която беше прикрепен златен монограм.

Probablemente era el monograma del banco en el que trabajaba.

Вероятно това беше монограмът на банката, за която работеше.

Y el sombrero aterrizó en el sofá, para guardarlo más tarde.

И шапката кацна на дивана, за да бъде прибрана по-късно.

Empujó hacia atrás la parte inferior de la larga chaqueta del uniforme.

Той отметна назад долната част на дългото си униформено яке.

Y metió los pulgares en los bolsillos de sus pantalones.

И той пъхна палци в джобовете на панталоните си.

Y luego, con cara sombría, caminó hacia Gregor.

И тогава, с мрачно лице, той тръгна към Грегор.

Probablemente ni siquiera sabía lo que planeaba hacer.

Вероятно дори не е знаел какво планира да направи.

Pero aún así levantó los pies inusualmente alto.

Но въпреки това той вдигна краката си необичайно високо.

Gregor estaba asombrado por el enorme tamaño de sus botas.

Грегор беше изумен от огромния размер на ботушите си.

Pero realmente no había tiempo para maravillarse con sus zapatos.

Но наистина нямаше време да се възхищава на обувките му.

El padre había decidido aplicar una disciplina muy estricta.

Бащата беше решил да приложи много строга дисциплина.

Para Gregor sólo era apropiada la mayor severidad.

Само най-голямата строгост беше подходяща за Грегор.

Él lo sabía desde el primer día de su transformación.

Той знаеше това от първия ден на трансформацията си.

Corrió hacia su padre y se detuvo cuando él se detuvo.

Той се затича към баща си и спря, когато и той спря.

Corrió hacia él nuevamente cuando se movió de nuevo.

Той отново се затича към него, когато той отново се раздвижи.

El padre se detuvo un momento y Gregor también.

Бащата се спря за момент, както и Грегор.

Y corrió hacia adelante nuevamente tan pronto como su padre se movió.

И той отново се втурна напред веднага щом баща му се раздвижи.

De esta manera dieron varias vueltas alrededor de la habitación.

По този начин те обиколиха стаята няколко пъти.

Nadie había conseguido aún ninguna ventaja decisiva.

Все още никой не беше постигнал решаващо предимство.

No se podría haber tenido la impresión de una persecución.

Човек не би могъл да остане с впечатлението, че е преследван.

Porque todo el acontecimiento se estaba produciendo demasiado lentamente.

Защото цялото събитие се случваше твърде бавно.

Gregor había decidido quedarse en tierra.

Грегор беше решил да остане на земята.

Podría haber corrido por las paredes y a lo largo del techo.

Можеше да тича по стените и по тавана.

Pero no quería provocar al padre innecesariamente.

Но не искаше да провокира бащата излишно.

Una huida así podría haber parecido especialmente perversa.

Подобно бягство можеше да изглежда особено зловещо.

Gregor admitió que esta persecución no podía durar mucho más.

Грегор призна, че това преследване не може да продължи дълго.

Cada paso debía ir acompañado de una miríada de movimientos.

Всяка стъпка трябваше да бъде посрещната с безброй движения.

Ya empezaba a sentir falta de aire.

Той вече започваше да усеща задух.

Incluso antes nunca había tenido unos pulmones completamente confiables.

Дори преди това той никога не е имал напълно надеждни бели дробове.

Avanzó tambaleándose, guardando sus fuerzas para la carrera.

Той се олюляваше, пазейки силите си за бягането.

Estaba tan cansado que apenas podía mantener los ojos abiertos.

Беше толкова уморен, че едва можеше да държи очите си отворени.

Sus pensamientos se volvieron demasiado lentos para pensar en otras escapatorias.

Мислите му се забавиха твърде много, за да мисли за други бягства.

Casi había olvidado que los muros estaban a su disposición.

Той почти беше забравил, че стените са му достъпни.

Pero de todos modos las paredes estaban ocultas detrás de los muebles.

Но стените така или иначе бяха скрити зад мебели.

Y los muebles tenían demasiadas muescas y protuberancias.

И мебелите имаха твърде много прорези и издатини.

Y luego, justo a su lado, rodando, había una manzana.

И тогава, точно до него, търкаляйки се, имаше една ябълка.

La manzana debió haberle sido arrojada, se dio cuenta.

Ябълката сигурно е била хвърлена по него, осъзна той.

Pero no tuvo tiempo de pensar antes de que llegara otra manzana.

Но той нямаше време да мисли, преди да дойде друга ябълка.

Gregor se quedó paralizado por la nueva estrategia del padre.

Грегор замръзна шокиран от новата стратегия на бащата.

Ya no podía ganar nada intentando huir.

Вече не можеше да спечели нищо от опитите си да бяга.

El padre había decidido bombardearlo con fruta.

Бащата беше решил да го бомбардира с плодове.

Se había llenado los bolsillos con lo que había en el frutero de la cocina.

Беше си напълнил джобовете от купата с плодове в кухнята.

Sin apuntar especialmente, lanzó manzana tras manzana.

Без особено да се цели, той хвърляше ябълка след ябълка.

Estas pequeñas manzanas rojas rodaban por el suelo.

Тези малки червени ябълки се търкаляха по земята.

Como si estuvieran electrificadas, las manzanas chocaron entre sí.

Сякаш наелектризирани, ябълките се блъскаха една в друга.

Una de las manzanas lanzadas débilmente rozó la espalda de Gregor.

Една от слабо хвърлените ябълки одраска гърба на Грегор.

Afortunadamente para él, la manzana se deslizó sin sufrir daño.

За негов късмет, ябълката се изплъзна безобидно.

Sin embargo, la manzana lanzada después fue más precisa.

Хвърлената след това ябълка обаче беше по-точна.

Y esta manzana se alojó profundamente en la espalda de Gregor.

И тази ябълка се заби дълбоко в гърба на Грегор.

Gregor quería alejarse del dolor.

Грегор искаше да се откъсне от болката.

Quizás se pueda escapar de este nuevo e increíble dolor.

Може би тази нова, невероятна болка би могла да бъде избегната.

Quizás un cambio de ubicación aliviaría su agonía.

Може би смяната на мястото щеше да облекчи мъките му.

Pero se sentía como si lo hubieran clavado al suelo.

Но той се чувстваше сякаш е прикован към пода.

Se estiró, pero sólo debido a su confusión.

Той се протегна, но само поради объркването си.

Sólo con su última mirada vio que la puerta se abría.

Едва с последния си поглед видя как вратата се отваря.

La madre corrió hacia su hermana, que gritaba.

Майката се втурна пред крещящата сестра.

La hermana la había desnudado, por lo que estaba en camisa.

Сестрата я беше съблекла, така че беше по риза.

Había necesitado respirar en su inconsciencia.

Тя имаше нужда от глътка въздух в безсъзнанието си.

Todavía veía cómo la madre corría hacia el padre.

Той все още виждаше как майката тича към бащата.

Sus faldas se deslizaron hasta el suelo, una tras otra.

Полите ѝ се свличаха на земята, една след друга.

La vio acercarse al padre y tropezar con su falda.

Той я видя как се приближава към бащата и се спъва в полата си.

Abrazándolo, pidió que le perdonaran la vida a Gregor.

Прегръщайки го, тя помоли да пощади живота на Грегор.

En completa unión con su cuerpo, su vista falló.

В пълен съюз с тялото си, зрението му отслабна.

Част трета

Gregor sufrió la grave lesión durante más de un mes.

Грегор страдаше от тежката травма повече от месец.

La manzana quedó incrustada; nadie se atrevió a sacarla.

Ябълката остана забита; никой не посмя да я извади.

La manzana permaneció en su carne como un recordatorio visible.

Ябълката остана в плътта му като видимо напомняне.

Pero la manzana también sirvió como recordatorio para el padre.

Но ябълката служила и като напомняне на бащата.

Se dio cuenta de que no debía tratar a Gregor como a un enemigo.

Той осъзна, че Грегор не бива да бъде третиран като враг.

Actualmente su apariencia puede ser triste y repugnante.

В момента външният му вид може да е тъжен и отвратителен.

Pero aún así, seguía siendo un miembro de su familia.

Но въпреки това, той все още беше член на семейството им.

Había que aceptar la reticencia y tolerarla.

Неохотата трябваше да бъде преглътната и толерирана.

Debido a su herida, es posible que haya perdido su movilidad para siempre.

Поради раната му, мобилността му може да бъде загубена завинаги.

Todavía gateaba por su habitación, pero mucho más lento.

Той все още пълзеше из стаята си, но много по-бавно.

Arrastrarse a cualquier altura estaba fuera de cuestión.

Пълзенето на каквато и да е височина беше изключено.

Pero Gregor recibió algún tipo de compensación.

Но Грегор все пак получи някаква форма на обезщетение.

Por la noche se le abrió la puerta del salón.

Вечерта вратата на хола му беше отворена.

Y consideró que estas reparaciones eran completamente adecuadas.
И той смяташе, че тези репарации са напълно адекватни.
Antes del anochecer ya había empezado a vigilar la puerta.
Преди вечерта той вече започна да наблюдава вратата.
Él yacía en la oscuridad, invisible desde la sala de estar.
Той лежеше в тъмнината, невидим от хола.
Pudo ver a toda la familia en la mesa iluminada.
Той можеше да види цялото семейство на осветената маса.
Ahora se le permitió escuchar sus conversaciones.
Сега му беше позволено да слуша разговорите им.
Esto fue bastante diferente a su arreglo anterior.
Това беше доста различно от предишното им споразумение.
Las animadas conversaciones de tiempos pasados habían terminado.
Оживените разговори от по-ранните времена бяха приключили.
Éstas eran las conversaciones que tanto anhelaba.
Това бяха разговорите, за които копнееше.
Cuando dormía solo en pequeñas habitaciones de hotel.
Когато спеше сам в малки хотелски стаи.
Cuando tuvo que arrojarse entre las sábanas húmedas.
Когато трябваше да се хвърли върху мокрите завивки.
Pero ahora las tardes eran en su mayoría tranquilas y sin acontecimientos.
Но вечерите сега бяха предимно тихи и безпроблемни.
El padre se quedó dormido en su sillón después de cenar.
Бащата заспа в креслото си след вечеря.
Y la madre y la hermana se animaban mutuamente a guardar silencio.
И майката и сестрата се подканяха една друга да мълчат.
La madre, inclinada hacia la luz, cosía lino.
Майката, наведена високо над светлината, шиеше лен.
Ahora ella hace vestidos para una de las tiendas de moda.
Сега тя шие рокли за един от модните магазини.

Al igual que Gregor, la hermana había conseguido un trabajo como vendedora.

Подобно на Грегор, сестрата беше започнала работа като продавачка.

Ella estaba aprendiendo taquigrafía y francés por las tardes.

Вечер тя учеше стенография и френски.

Para que más adelante pudiera tal vez conseguir un mejor puesto de trabajo.

За да може по-късно да си намери по-добра работа.

A veces el padre se despertaba de sus siestas nocturnas.

Понякога бащата се събуждаше от вечерните си дрямки.

"¡Cariño, ya llevas un buen rato cosiendo hoy!"

„Скъпа, днес вече шиеш от толкова дълго!“

Parecía haber olvidado que había estado durmiendo.

Изглеждаше сякаш забравил, че е спал.

Pero inmediatamente volvió a caer en un sueño profundo.

Но той веднага отново потъна в сън.

Y la madre y la hermana se sonrieron cansadamente.

И майката и сестрата се усмихнаха уморено една на друга.

El padre había desarrollado una extraña y nueva terquedad.

Бащата беше развил странен нов инат.

Incluso en casa se negó a quitarse el uniforme de sirviente.

Дори у дома той отказваше да свали униформата си на слуга.

Y su bata colgaba inútilmente en la percha.

А халатът му висеше безполезно на закачалката.

Así pues, el padre dormía, completamente vestido, en su sillón.

И така, бащата спеше, напълно облечен, в креслото си.

Era como si siempre estuviera dispuesto a prestar su servicio.

Сякаш винаги беше готов да си свърши работата.

Como si estuviera esperando la voz de su superior.

Сякаш само чакаше гласа на началника си.

Esto provocó que su uniforme perdiera su limpieza.

Това доведе до това униформата му да загуби чистотата си.

Aunque el uniforme tampoco era nuevo cuando lo recibió.

Въпреки че униформата също не беше нова, когато я получи.

Y la madre hizo todo lo posible para cuidar el uniforme.

И майката правеше всичко възможно да се грижи за униформата.

Gregor pasaba tardes enteras mirando este uniforme.

Грегор прекарваше цели вечери, гледайки тази униформа.

Observó cómo el anciano dormía de manera muy incómoda.

Той наблюдаваше как старецът спеше крайно неудобно.

Pero mientras dormía también notó algo pacífico.

Но в съня си той забеляза и нещо спокойно.

Cuando el reloj dio las diez la madre intentó despertarlo.

Когато часовникът удари десет, майката се опита да го събуди.

Ella habló en voz baja y lo convenció de ir a la cama.

Тя говореше тихо и го убеди да си легне.

Porque dormir en el sillón no era dormir de verdad.

Защото спането на фотьойла не беше истински сън.

Iba a tener que empezar a trabajar a las seis en punto.

Щеше да трябва да започне работа в шест часа.

Así que realmente necesitaba dormir lo mejor posible.

Така че наистина имаше нужда да се наспите възможно най-добре.

Pero una nueva forma de terquedad se apoderó de él.

Но той беше обзет от нова форма на инат.

Convertirse en sirviente había comenzado a tener ese efecto en él.

Това, че стана слуга, беше започнало да му оказва това влияние.

Así que siempre insistía en quedarse más tiempo en la mesa.

Затова той винаги настояваше да остане по-дълго на масата.

Aunque con regularidad volvía a quedarse dormido en su silla.

Въпреки че редовно заспиваше отново на стола си.

Y sólo con la mayor dificultad pudo ser movido.

И той можеше да бъде преместен само с най-големи
трудности.
Tuvieron que decirle que la cama sería mejor para él.
Трябваше да му се каже, че леглото ще е по-добро за него.
**Madre y hermana tuvieron que insistir con pequeñas
advertencias.**
Майка и сестра трябваше да настояват с малки
предупреждсния.
**Durante quince minutos se limitó a menear lentamente la
cabeza.**
В продължение на петнадесет минути той само бавно
поклащаше глава.
Y mantuvo los ojos cerrados y se negó a levantarse.
И той държеше очите си затворени и отказваше да стане.
La madre tiró de su manga, suavemente, pero con firmeza.
Майката го дръпна за ръкава, нежно, но твърдо.
Y ella susurró palabras halagadoras en sus oídos cansados.
И тя прошепна ласкателни думи в уморените му уши.
**La hermana abandonó la tarea que tenía entre manos para
ayudar a su madre.**
Сестрата напуснала работата, която била вършила, за да
помогне на майка си.
Pero ninguno de sus esfuerzos funcionó con el padre.
Но нито едно от усилията им не подейства на бащата.
Se hundió aún más en su silla, preparado para dormir.
Той потъна още по-дълбоко в стола си, приготвен да
заспи.
Y finalmente las mujeres lo agarraron por las axilas.
И накрая жените го хванаха под мишниците.
Abrió los ojos y los miró alternativamente.
Той отвори очи и ги погледна ту едно след друго.
"¡Qué vida ésta!" se quejó al irse a dormir.
„Какъв живот е това“, оплака се той, лягайки си.
"¿Es esta la paz que me ha sido dada en mi vejez?"
„Това ли е спокойствието, което ми беше дадено в
напреднала възраст?“

Pero entonces, apoyándose en las dos mujeres, se levantó torpemente.

Но след това, облегнат на двете жени, той се изправи неловко.

Actuó como si llevara la carga más pesada.

Държеше се така, сякаш носеше най-тежкия товар.

Dejó que las dos mujeres lo guiaran hasta el final de la habitación.

Той позволи на двете жени да го отведат до края на стаята.

Allí les deseó buenas noches y continuó su camino.

Там той им пожела лека нощ и продължи сам.

Pero la madre rápidamente arrojó su kit de costura.

Но майката набързо хвърли шевния си комплект.

Y la hermana también dejó el bolígrafo y el bloc de notas.

И сестрата също остави химикалката и бележника.

Y corrieron detrás del padre para ayudarle aún más.

И те тичаха зад бащата, за да му помогнат допълнително.

¿Quién en esta familia sobrecargada de trabajo tenía tiempo para Gregor?

Кой в това претоварено от работа семейство имаше време за Грегор?

¿Quién podría haberle prestado más atención de la necesaria?

Кой би могъл да му обърне повече внимание от необходимото?

El presupuesto familiar se fue restringiendo cada vez más.

Домашният бюджет ставаше все по-ограничен.

Al final, para ahorrar dinero, tuvieron que despedir a la criada.

В крайна сметка, за да спестят пари, те трябваше да уволнят прислужницата.

Fue reemplazada por una mujer de cabello blanco y huesos gruesos.

Тя беше заменена с едрокоса жена с бяла коса.

Pero esta mujer venía sólo por la mañana y por la tarde.

Но тази жена идваше само сутрин и вечер.

Y todo el trabajo más pesado y duro quedó guardado para ella.

И цялата най-тежка и трудна работа беше запазена за нея.

La madre se encargaba de todos los demás quehaceres.

Всички останали домакински задължения се поемаха от майката.

Incluso ocurrió que se vendieron varias joyas familiares.

Случвало се е дори да се продават различни семейни бижута.

Joyas que las mujeres lucieron felizmente durante las celebraciones.

Бижута, които жените с удоволствие носеха по време на празненства.

Gregor aprendió esto en una de las discusiones generales.

Грегор научи това от една от общите дискусии.

La mayor queja, sin embargo, fue otra.

Най-голямото оплакване обаче беше нещо друго.

El apartamento era demasiado grande, pero no podían mudarse.

Апартаментът беше твърде голям, но не можеха да се изнесат.

No había manera de que pudieran reubicar a Gregor.

Нямаше как да преместят Грегор.

Pero Gregor se dio cuenta de que no era sólo una consideración.

Но Грегор осъзна, че не става въпрос само за съображения.

Algo más les impidió mudarse a otro lugar.

Нещо друго ги е спирало да се преместят някъде другаде.

Podría haber sido fácilmente transportado en una caja adecuada.

Той лесно би могъл да бъде транспортиран в подходяща кутия.

Sus sentimientos de completa desesperanza los frenaron.

Чувството им на пълна безнадеждност ги възпираше.

No querían admitir que la desgracia les había golpeado.

Те не искаха да признаят, че нещастието ги е сполетяло.

Lo que el mundo exige de los pobres, ellos lo cumplen.

Това, което светът изисква от бедните хора, те го изпълниха.

El padre le preparó el desayuno al pequeño empleado del banco.

Бащата донесе закуска за малкия банков чиновник.

La madre se sacrificó por la ropa de desconocidos.

Майката се жертваше за прането на непознати.

La hermana corría de un lado a otro para atender los pedidos de los clientes.

Сестрата тичаше напред-назад за поръчките на клиентите.

Pero ya no tenían fuerzas para hacer más.

Но те просто нямаха сили да направят нищо повече.

La herida en la espalda de Gregor comenzó a doler aún más.

Раната на гърба на Грегор започна да боли още повече.

Cada noche, la madre y la hermana llevaban al padre a la cama.

Всяка вечер майка и сестра довеждаха бащата в леглото.

Dejaron su trabajo donde estaba y se sentaron juntos.

Те оставиха работата си където си беше, и седнаха заедно.

Y se acercaron más y se sentaron mejilla contra mejilla.

И те се приближиха един до друг и седнаха буза до буза.

La madre señaló la habitación desde donde él observaba.

Майката посочи към стаята, откъдето той наблюдаваше.

"¿Podrías cerrar la puerta?" le preguntó a la hermana.

„Би ли затворила вратата?“ – помоли тя сестрата.

Y entonces Gregor se quedó solo otra vez en la oscuridad.

И тогава Грегор отново остана сам в тъмното.

Y en la habitación de al lado la mujer mezcló sus lágrimas.

И в съседната стая жената смеси сълзите им.

O bien se quedaban sentados con los ojos secos, simplemente mirando la mesa.

Или седяха със сухи очи, просто втренчени в масата.

Gregor apenas durmió, ni de noche ni de día.

Грегор почти не спеше, нито нощем, нито денем.

A menudo pensaba en cómo podría ayudar a la familia.

Той често мислеше как би могъл да помогне на семейството.

Pensó en ganar dinero nuevamente para ellos.

Той си помисли как отново да спечели парите за тях.

Pensó en hacer lo que solía hacer por ellos.

Той си помисли да направи това, което правеше преди за тях.

En sus pensamientos regresó el representante autorizado.

В мислите си упълномощеният представител се върна.

Y esta vez el jefe también vino al apartamento.

И този път шефът също дойде в апартамента.

Y los oficinistas y los aprendices también estaban allí.

И чиновниците, и чираците също бяха там.

Incluso el lento empleado de la oficina vino a verlo.

Дори бавноумният служител в офиса дойде да го види.

Había dos o tres amigos de otros negocios.

Имаше двама или трима приятели от други фирми.

Una de las camareras de un hotel de provincias.

Една от камериерките от хотел в провинцията.

Un recuerdo querido y fugaz al que intentó aferrarse.

Скъп и мимолетен спомен, за който се опитваше да се задържи.

Una cajera de una sombrerería para quien tenía intenciones.

Касиер от магазин за шапки, за когото имаше намерения.

Pero había sido un poco lento en ganar su aprobación.

Но той беше малко прекалено бавен, за да спечели одобрението ѝ.

Todos ellos aparecieron en sus pensamientos, mezclados con desconocidos.

Всички те се появяваха в мислите му, смесени с непознати.

Y otros no aparecieron, ya estaban olvidados.

А други не се появиха; те вече бяха забравени.

Pero no le ayudaron a él ni tampoco a la familia.

Но те не му помогнаха, нито пък помогнаха на семейството.

Eran inaccesibles y él se alegró cuando se fueron.

Те бяха недостъпни и той се зарадва, когато си тръгнаха.

No siempre estaba de humor para preocuparse por la familia.

Той не винаги беше в настроение да се тревожи за семейството.

Y se llenó de rabia por la falta de atención.

И той беше изпълнен с ярост от липсата на внимание.

Y no podía imaginar nada que le apeteciera.

И не можеше да си представи нищо, за което да има апетит.

Pero aún así hizo planes para entrar en la despensa.

Но той все още кроеше планове да проникне с взлом в килера.

Y él iba a tomar todo lo que se merecía.

И щеше да вземе всичко, което заслужаваше.

La hermana ya no hacía ningún esfuerzo especial por él.

Сестрата вече не полагаше никакви специални усилия за него.

Ella ya no pasaba el tiempo pensando en complacerlo.

Тя вече не прекарваше време в мисли как да му угоди.

Antes de ir a trabajar, rápidamente metió algo de comida en la habitación.

Преди работа тя бързо внесе малко храна в стаята.

Y por la noche volvió a barrer rápidamente la comida.

И вечерта тя бързо отново прибра храната.

Ya no se daba cuenta de si había comido o no.

Дали беше ял или не, тя вече не забеляза.

En la actualidad, la mayoría de las veces la comida se dejaba intacta.

Сега храната най-често оставаше недокосната.

Ella todavía barría rápidamente la habitación por la noche.

Тя все още бързо се разхождаше из стаята вечер.

Pero ahora hizo lo mínimo, lo más rápido posible.

Но сега тя направи най-необходимото, възможно най-бързо.

Quedaron vetas de suciedad corriendo por las paredes.

По стените бяха оставени следи от мръсотия.

Bolas de polvo y basura quedaron tiradas en el suelo.

Топки прах и боклуци бяха оставени да лежат по пода.

Gregor mostró su desaprobación por su falta de cuidado.

Грегор показа неодобрението си от липсата на грижи от
нея.

Se giró en un ángulo particularmente significativo.

Той се обърна под особено значителен ъгъл.

**Pero podría haber permanecido en el puesto durante
semanas.**

Но можеше да остане на поста си седмици наред.

Su hermana no habría notado su insatisfacción.

Сестра му нямаше да забележи недоволството му.

Ella veía la suciedad tan bien como él, o incluso mejor.

Тя виждаше пръстта също толкова добре, колкото и той,
ако не и по-добре.

Pero ella había decidido dejar la tierra donde estaba.

Но тя беше решила да остави пръстта там, където си е.

**En ese momento adoptó una sensibilidad completamente
nueva.**

По това време тя възприе напълно нова чувствителност.

**Ella había hecho de la limpieza de la habitación de Gregor
su responsabilidad.**

Тя беше превърнала почистването на стаята на Грегор в
своя отговорност.

La familia se sintió conmovida por su amable consideración.

Семейството беше трогнато от нейната мила загриженост.

**Una vez, la madre le había dado a su habitación una
limpieza a fondo.**

Веднъж майката почисти старателно стаята му.

**Sólo después de utilizar unos cuantos baldes de agua lo
consiguió.**

Едва след като използва няколко кофи вода, тя успя.

**Sin embargo, la nueva humedad en la habitación perjudicó a
Gregor.**

Новата влага в стаята обаче навреди на Грегор.

Y él yacía ancho, amargado e inmóvil en el sofá.

И той лежеше широко, огорчен и неподвижен на дивана.

Pero ese fue sólo su primer castigo por ayudar.

Но това беше само първото ѝ наказание за помощта.

La hermana notó rápidamente el cambio en la habitación de Gregor.

Сестрата бързо забеляза промяната в стаята на Грегор.

Y ella corrió a la sala, extremadamente insultada.

И тя изтича в хола, изключително обидена.

Su madre levantó las manos y trató de implorarle.

Майка ѝ вдигна ръце и се опита да я умолява.

Pero a pesar de una explicación sincera, ella rompió a llorar.

Но въпреки искреното обяснение, тя избухна в сълзи.

El padre, por supuesto, se sobresaltó y se levantó de la silla.

Бащата, разбира се, се стресна и скочи от стола си.

Y los dos padres miraban asombrados e impotentes.

И двамата родители гледаха, смаяни и безпомощни.

Y con el tiempo sus emociones también se agitaron.

И в крайна сметка емоциите им също се раздвижиха.

El padre reprochó a la madre lo que había hecho.

Бащата упрекнал майката за стореното.

"Deberías haber dejado la habitación para que Grete la limpiara."

„Трябваше да оставиш стаята на Грете да я почисти.“

Grete le gritó a la madre por limpiar su habitación.

Грете се развика на майка си, че е почистила стаята му.

"¡Nunca más podrás limpiar su habitación!"

„Никога повече няма да ти бъде позволено да чистиш стаята му!“

La madre intentó arrastrar al padre al dormitorio.

Майката се опита да завлече бащата в спалнята.

La hermana se quedó en la habitación, temblando y sollozando.

Сестрата остана в стаята, трепереща и ридаеща.

Y golpeó la mesa con sus pequeños puños.

И тя заудря по масата с малките си юмручета.

Y Gregor, enojado, siseó fuertemente contra todos ellos.

И Грегор изсъска силно от гняв към всички тях.

¿Por qué a nadie se le ocurrió cerrarle la puerta?

Защо никой не се беше сетил да му затвори вратата?

Podrían haberle ahorrado esta vista y este ruido.

Можеха да му спестят тази гледка и шум.

La hermana estaba agotada después de llegar a casa del trabajo.

Сестрата беше изтощена, след като се прибра от работа.

Y cuidar a Gregor era aún más trabajo para ella.

А грижата за Грегор беше още по-трудна за нея.

Pero eso no significaba que la madre debía haberlo hecho.

Но това не означаваше, че майката е трябвало да го направи.

A Gregor, por el contrario, no hay que descuidarlo.

Грегор, от друга страна, не бива да бъде пренебрегван.

Pero ahora tenían una nueva criada que podía hacer esas cosas.

Но сега имаха нова прислужница, която можеше да прави такива неща.

Una viuda anciana que tenía una estructura ósea robusta.

Възрастна вдовица със здрава костна структура.

Una estatura que la ayudó a sobrevivir a su difícil vida.

Фигура, която ѝ е помогнала да оцелее в трудния си живот.

Ella no sentía ninguna aversión real hacia la apariencia de Gregor.

Тя не изпитваше истинско отвращение към външния вид на Грегор.

Ella había abierto accidentalmente la puerta de la habitación de Gregor.

Тя случайно беше отворила вратата на стаята на Грегор.

No fue por ninguna curiosidad particular sobre la habitación.

Не беше от някакво особено любопитство към стаята.

Ella simplemente estaba haciendo su trabajo y por casualidad abrió la puerta.

Тя просто си вършеше работата и случайно отвори вратата.

Gregor, por supuesto, quedó completamente sorprendido por ella.

Грегор, разбира се, беше напълно изненадан от нея.

No lo perseguían, sino que corría de un lado a otro.
Не го гонеха, а тичаше напред-назад.
Y ella simplemente cruzó sus brazos y lo observó gatear.
И тя просто скръсти ръце и го наблюдаваше как пълзи.
Desde entonces ella siempre le abría un poquito la puerta.
Оттогава тя винаги отваряше вратата малко по малко за него.
Una mañana ella entró para ver cómo estaba.
Веднъж сутринта тя надникна да види как е той.
Y por la tarde ella fue a ver cómo estaba antes de irse.
И вечерта тя го провери, преди да си тръгне.
Al principio ella también intentó llamarlo para que viniera con ella.
В началото тя също се опита да го повика да дойде при нея.
"¡Ven aquí, viejo escarabajo pelotero!", solía decir.
„Ела тук, стар торен бръмбар!“, казваше тя.
O ella dijo, "¡mira ese viejo escarabajo pelotero!", amigablemente.
Или пък каза приятелски: „Вижте стария торен бръмбар!“.
Gregor nunca reaccionó cuando le hablaron de esa manera.
Грегор никога не реагираше, когато му се говореше по този начин.
Él permaneció allí, sin moverse, y la ignoró.
Той остана там, неподвижен, и не й обърна внимание.
"Si le hubieran dicho cómo hacer correctamente su trabajo."
„Само да й бяха казали как правилно да си върши работата.“
"En lugar de molestarme debería limpiar mi habitación."
„Вместо да ме безпокои, тя трябва да почисти стаята ми.“
Una mañana temprano una fuerte lluvia golpeó las ventanas.
Веднъж рано сутринта силен дъжд удари прозорците.
Quizás la lluvia ya era una señal de la llegada de la primavera.
Може би дъждът вече беше знак за настъпващата пролет.
La criada comenzó a hablarle de esa manera una vez más.

Прислужницата отново започна да му говори по този начин.

Gregor estaba tan amargado que se giró para mirarla.

Грегор беше толкова огорчен, че се обърна към нея.

Era lento y débil, pero fue una especie de ataque.

Той беше бавен и немощен, но това беше нещо като атака.

La criada, sin embargo, no tenía ningún miedo de Gregor.

Прислужницата обаче изобщо не се страхуваше от Грегор.

En lugar de eso, levantó una silla que estaba cerca de la puerta.

Вместо това тя вдигна стол, който беше близо до вратата.

Y ella permaneció allí, tranquilamente, con la boca abierta.

И тя стоеше там, спокойно, с широко отворена уста.

Sus intenciones eran claras, incluso Gregor podía verlo.

Намеренията ѝ бяха ясни, дори Грегор можеше да го види.

Y se giró, lentamente, a su posición original.

И той се обърна, бавно, в първоначалната си позиция.

—Entonces no quieres acercarte más, ¿verdad?

— Значи не искаш да се приближиш повече, нали?

Y silenciosamente volvió a poner la silla en la esquina.

И тя тихо върна стола в ъгъла.

Gregor ya casi no comía nada.

Грегор почти не ядеше вече нищо.

A veces, mientras caminaba por la habitación, se detenía.

Понякога, по време на разходките си из стаята, той спираше.

Y se encontró junto a la comida preparada para él.

И той се озова до приготвената за него храна.

Se llevó la comida a la boca, pero sólo para jugar con ella.

Той сложи храната в устата си, но само за да си играе с нея.

Y muy a menudo lo escupía de nuevo al cabo de unas horas.

И доста често го изплюваше отново след няколко часа.

Trató de encontrar una razón para su falta de apetito.

Той се опита да намери причина за липсата си на апетит.

Quizás porque estaba triste por el estado de su habitación.
Може би защото беше тъжен за състоянието на стаята си.
Pero ya se había adaptado a los cambios que se producían en la habitación.
Но той се беше примирил с промените в стаята.
Recientemente su habitación se había convertido en una especie de almacén.
Напоследък стаята му се беше превърнала в нещо като склад.
Se habían acostumbrado a dejar las cosas allí.
Бяха си свикнали да оставят нещата там.
Y ahora quedaban muchas cosas así en su habitación.
И сега в стаята му бяха останали много такива неща.
Porque una habitación del apartamento estaba alquilada.
Защото едната стая от апартамента беше отдадена под наем.
Tres caballeros serios alquilaban la habitación juntos.
Трима сериозни господа наемаха стаята заедно.
Gregor los vio una vez a través de una rendija en la puerta.
Грегор веднъж ги забеляза през процеп на вратата.
Llevaban barbas pobladas y estaban vestidos meticulosamente.
Те имаха гъсти бради и бяха педантично облечени.
Eran escrupulosos en mantener todo ordenado.
Те бяха щателни в поддържането на реда във всичко.
Su insistencia en el orden no se limitaba a su habitación.
Тяхното настояване за чистота не спираше само до стаята им.
Todo el apartamento tenía que mantenerse perfectamente limpio.
Целият апартамент трябваше да се поддържа идеално чист.
Eran aún más exigentes con el aspecto de la cocina.
Те бяха още по-придирчиви към това как изглежда кухнята.
Y no podían tolerar ningún desorden innecesario.
И не можеха да толерират никаква ненужна бъркотия.

También habían traído consigo sus propios muebles.

Те също бяха донесли собствените си мебели със себе си.

Por esta razón muchas cosas se habían vuelto superfluas.

Поради тази причина много неща бяха станали излишни.

Eran cosas por las que nadie pagaría dinero.

Това бяха неща, за които никой не би платил пари.

Pero la familia tampoco quería deshacerse de estas cosas.

Но семейството също не искаше да се откаже от тези неща.

Todas estas cosas fueron a parar a la habitación de Gregor.

Всички тези неща отидоха някъде в стаята на Грегор.

El cajón de cenizas de la cocina ahora estaba guardado en su habitación.

Пепелникът от кухнята сега се съхраняваше в стаята му.

Y la basura se guardaba en su habitación hasta el día de la basura.

И боклукът се държал в стаята му до деня на боклука.

La criada arrojó todo lo que no necesitaba en su habitación.

Камериерката хвърляше в стаята му всичко, което не ѝ трябваше.

Afortunadamente no vio más que la mano y el objeto.

За щастие, той не видя нищо повече от ръката и предмета.

Probablemente tenía la intención de volver a buscar las cosas más tarde.

Вероятно е възнамерявала да се върне за нещата по-късно.

O tal vez quería tirarlo todo de una vez.

Или може би е искала да захвърли всичко наведнъж.

Sin embargo, todo permaneció donde había quedado al principio.

Всичко обаче си остана там, където беше кацнало първоначално.

A menos que Gregor moviera la basura moviéndose a través de ella.

Освен ако Грегор не е преместил боклуците, като се е промъкнал през тях.

Al principio se vio obligado a arrastrarse entre toda la basura.

В началото беше принуден да пълзи през всичките
боклуци.
No tenía posibilidad de evitarlo.
Нямаше никаква възможност той да избегне това.
Pero más tarde realmente encontró placer en esta actividad.
Но по-късно той действително намери удоволствие в това
занимание.
Aunque tal esfuerzo lo dejó triste y profundamente cansado.
Въпреки че подобни усилия го натъжаваха и го
изтощаваха дълбоко.
Y después no pudo moverse durante muchas horas.
И след това той не можеше да се движи в продължение на
много часове.
Los inquilinos a veces comían en la sala de estar.
Наемателите понякога се хранеха в хола.
La puerta del salón permanecía cerrada esas noches.
В тези вечери вратата на хола оставаше затворена.
Pero a Gregor no le resultó difícil no abrir la puerta.
Но Грегор нямаше никаква трудност да не отвори вратата
сега.
**Incluso cuando la puerta estaba abierta, no siempre miraba
hacia afuera.**
Дори когато вратата беше отворена, той не винаги
поглеждаше навън.
Pero él se acostó en el rincón más oscuro de la habitación.
Но той се отпусна в най-тъмния ъгъл на стаята.
La familia tampoco notó su falta de atención.
Семейството също не забеляза липсата на внимание от
негова страна.
Pero hubo una vez que la criada dejó la puerta abierta.
Но веднъж прислужницата остави вратата отворена.
**La puerta permaneció abierta incluso cuando los inquilinos
regresaron.**
Вратата остана отворена дори когато наемателите се
върнаха.
Y la puerta estaba abierta cuando se encendió la luz.
И вратата беше отворена, когато лампата беше включена.

El hombre se sentó a la mesa donde la familia cenaba.

Мъжът седеше на масата, където семейството вечеряше.

Allí se sentaron en el pasado el padre, la madre y Gregor.

Баща, майка и Грегор са седели там в по-ранни времена.

Desplegaron las servilletas y cogieron cuchillos y tenedores.

Те разгънаха салфетките и взеха ножове и вилици.

La madre apareció en la puerta con un plato de carne.

Майката се появи на вратата с купа месо.

Entonces la hermana entró con un cuenco lleno de patatas.

Тогава сестрата влезе с купа, пълна с картофи.

Los inquilinos se inclinaron sobre los cuencos colocados delante de ellos.

Квартиращите се наведоха над купите, поставени пред тях.

El humo denso de la comida les llegaba hasta la nariz.

Гъстият дим от храната се издигаше до носовете им.

Pero aún no habían decidido si comerían la comida.

Но те все още не бяха решили дали ще ядат храната,

Quizás enviarían la comida de vuelta a la cocina.

Може би щяха да върнат ястието обратно в кухнята.

El hombre sentado en el medio parecía ser la autoridad.

Мъжът, който седеше по средата, изглеждаше като авторитет.

Cortó la carne para determinar si estaba lo suficientemente tierna.

Той наряза месото, за да провери дали е достатъчно крехко.

Estaba satisfecho con el olor y el aspecto de la comida.

Той беше доволен от това как миришеше и изглеждаше храната.

La madre y la hermana los observaban ansiosamente.

Майката и сестрата ги наблюдаваха тревожно.

Y empezaron a sonreír con un suspiro de alivio.

И те започнаха да се усмихват с въздишка на натрупано облекчение.

La propia familia iba a comer en la cocina.

Самото семейство щеше да се храни в кухнята.

Pero primero el padre fue a ver cómo estaban los inquilinos.

Но първо бащата отиде да провери наемателите.

Hizo una reverencia, sosteniendo en su mano su gorra de trabajo.

Той се поклони веднъж, държейки в ръка шапката си от работата.

Y caminó en círculo alrededor de la mesa, hacia cada invitado.

И той обиколи масата, до всеки гост

Todos los inquilinos se pusieron de pie y murmuraron algo entre dientes.

Всички наематели се изправиха, мърморейки в брадите си.

Después de que él se fue, comieron en un silencio casi absoluto.

След като си тръгна, те се хранеха в почти пълно мълчание.

A Gregor le pareció extraño que pudiera oír la masticación.

На Грегор му се стори странно, че чува дъвчене.

Ningún otro aspecto de la alimentación parecía emitir ningún sonido.

Никой друг аспект от храненето сякаш не издаваше звук.

Pero podía oír claramente el rechinar de los dientes.

Но той ясно чуваше скърцането на зъби.

Parecían decirle que necesitaba dientes para comer.

Изглеждаше, че му трябват зъби, за да се храни.

"No puedes hacer nada si tus mandíbulas no tienen dientes".

„Не можеш да направиш нищо, ако челюстите ти са беззъби.“

"Me gustaría comer algo", dijo Gregor ansiosamente.

— Бих искал да хапна нещо — каза Грегор тревожно.

"Pero no tengo apetito para lo que están comiendo".

„Но нямам апетит за това, което всички вие ядете.“

"Mira cómo comen estos huéspedes y yo aquí muriéndome de hambre".

„Вижте как тези наематели ядат, а аз умирам от глад.“

Aquella noche Gregor pensó por casualidad en el violín.

Грегор случайно си помисли за цигулката онази вечер.

No había oído el violín desde la transformación.
Не беше чувал цигулка от трансформацията.
Pero entonces, esta noche, se oyó un ruido desde la cocina.
Но тогава, тази вечер, от кухнята се чу звук.
Los caballeros ya habían terminado su cena.
Господата вече бяха приключили с вечерята си.
El caballero del medio había comenzado a leer un periódico.
Средният джентълмен беше започнал да чете вестник.
Les había dado a los otros dos caballeros una hoja a cada uno.
Той беше дал на другите двама господа по един лист.
Y ahora estaban recostados, leyendo y fumando.
А сега те се бяха облегнали назад, четяха и пушеха.
Cuando el violín empezó a sonar, se pusieron atentos.
Когато цигулката започна да свири, те станаха внимателни.
Se levantaron y caminaron de puntillas hacia la puerta de la antesala.
Те станаха и тръгнаха на пръсти към вратата на преддверието.
Allí estaban, acurrucados juntos, escuchando desde la puerta.
Ето ги, те стояха сгушени един до друг и слушаха на вратата.
La familia debió haber escuchado a los hombres desde la cocina.
Семейството сигурно е чуло мъжете от кухнята.
Porque el padre los llamó y les preguntó;
Защото бащата ги извика и ги попита;
¿Acaso el violín resulta incómodo para los caballeros?
„Може би цигулката е неудобна за господата?"
"Si no te gusta la música podemos parar inmediatamente."
„Ако не харесваш музиката, можем да спрем веднага."
"Al contrario", dijo el centro de los caballeros.
— Напротив — каза средният от господата.
"¿Le gustaría a la señorita tocar el violín en nuestra habitación?"

„Би ли искала младата дама да свири на цигулка в нашата стая?"

"Definitivamente es mucho más cómodo y acogedor aquí".

„Тук определено е много по-комфортно и уютно."

El padre respondió como si fuera el propio violinista.

Бащата отговори, сякаш самият той беше цигулар.

"Oh, por favor, eso sería maravilloso", exclamó el padre.

„О, моля ви, това би било чудесно", извика бащата.

Los caballeros regresaron a la sala de estar y esperaron.

Господата се върнаха в хола и зачакаха.

Pronto el padre entró en la habitación con el atril.

Скоро бащата влезе в стаята с пюпитрата.

La madre entró en la habitación con el libro de música.

Майката влезе в стаята с нотната книга.

Y la hermana entró en la habitación con el violín.

И сестрата влезе в стаята с цигулката.

Ella preparó todo con calma para tocar el violín.

Тя спокойно подготви всичко, за да свири на цигулка.

Los padres exageraron su cortesía y modales.

Родителите преувеличиха учтивостта и обноските си.

Nunca antes habían alquilado habitaciones a huéspedes.

Те никога преди не бяха отдавали стаи под наем на квартиранти.

Y ni siquiera se atrevieron a sentarse en sus propias sillas.

И дори не смееха да седнат на собствените си столове.

En lugar de sentarse, el padre se apoyó contra la puerta.

Вместо да седне, бащата се облегна на вратата.

Su mano derecha estaba entre dos botones de su abrigo.

Дясната му ръка беше между две копчета на палтото му.

Sin embargo, un caballero le ofreció una silla a la madre.

На майката обаче един господин предложи стол.

Pero ella se sentó donde el caballero había colocado la silla.

Но тя седна там, където господинът беше поставил стола.

Y no había colocado la silla en ningún lugar determinado.

И не беше поставил стола на някое конкретно място.

Así que la madre se sentó apartada de todos, en un rincón.

И така, майката седна отделно от всички, в ъгъла.

Y finalmente la hermana empezó a tocar el violín.

И накрая сестрата започна да свири на цигулка.

Los padres, en lados opuestos, prestaron mucha atención.

Родителите, от противоположните страни, внимателно наблюдаваха.

Y observaban atentamente cada movimiento de su mano.

И те внимателно наблюдаваха всяко движение на ръката ѝ.

Gregor también se sentía atraído por la interpretación del violín.

Грегор също бил привлечен от свиренето на цигулка.

Y se aventuró a salir de su habitación un poco más lejos.

И той се осмели да излезе още малко от стаята си.

Él ya estaba con la cabeza dentro de la sala.

Той вече беше пъхнал глава в хола.

Solía enorgullecerse de ser muy considerado.

Той много се гордееше с това, че е много внимателен.

Pero últimamente casi no cuestiona su falta de cuidado.

Но напоследък той почти не поставяше под въпрос липсата на грижи.

Aunque ahora tenía más motivos para esconderse que antes.

Въпреки че сега имаше повече причини да се крие, отколкото преди.

Porque su habitación estaba cubierta de polvo y suciedad diversa.

Защото стаята му беше покрита с прах и различна мръсотия.

El más leve movimiento levantaba todo tipo de suciedad.

Най-малкото движение вдигаше всякакви мръсотии.

Toda esa suciedad se le pegó: polvo, pelo, restos de comida.

Цялата тази мръсотия се беше залепила за него; прах, коса, остатъци от храна.

Podría haber frotado la suciedad contra la alfombra.

Можеше да изтърка мръсотията в килима.

Esto era algo que solía hacer varias veces al día.

Това беше нещо, което той правеше по няколко пъти дневно.

Pero su indiferencia hacia todo era demasiado grande.

Но безразличието му към всичко беше твърде голямо.
Así que no tuvo miedo de avanzar un poco más.
Така че той не се страхуваше да продължи още малко напред.
Y se trasladó al inmaculado suelo de la sala de estar.
И той се премести върху безупречния под на хола.
Sin embargo, nadie se dio cuenta ni le prestó atención.
Никой обаче не го забеляза, нито му обърна внимание.
La familia estaba completamente absorta en el concierto.
Семейството беше напълно погълнато от концерта.
Los caballeros, por el contrario, inicialmente se retiraron.
Господата, от друга страна, първоначално се отдръпнаха.
Y se quedaron cerca, detrás del atril de la hermana.
И те стояха близо зад пюпитрата за ноти на сестрата.
Si hubieran mirado habrían podido ver las notas musicales.
Ако бяха погледнали, щяха да видят музикалните ноти.
Esto, por supuesto, habría perturbado a la hermana.
Това, разбира се, би обезпокоило сестрата.
Luego se quedaron de pie junto a la ventana, en lugar de sentarse.
След това те застанаха до прозореца, вместо да седнат.
Con las manos en los bolsillos seguían hablando.
С ръце в джобовете си те продължиха да говорят.
Permanecieron allí mientras el padre observaba ansiosamente.
Те останаха там, докато бащата ги наблюдаваше тревожно.
Uno tenía la impresión de que tenían otras expectativas.
Човек имаше впечатлението, че имат други очаквания.
Y realmente parecía como si se hubieran decepcionado.
И наистина изглеждаше сякаш бяха разочаровани.
Parecía que ya estaban hartos de la actuación.
Изглеждаше сякаш им е писнало от изпълнението.
Habían permitido que el violín perturbara su paz.
Те бяха позволили на цигулката да наруши спокойствието им.
Y sólo toleraban la música por cortesía.
И те толерираха музиката само от учтивост.

Lo que más me desconcertó fue cómo expulsaron el humo.

Как разпръснаха дима беше особено обезпокоително.

Y aún así, tocaba el violín maravillosamente.

И въпреки това тя свиреше на цигулка толкова красиво.

Su rostro estaba inclinado suavemente hacia un lado, sobre el violín.

Лицето ѝ беше леко наклонено настрани, върху цигулката.

Sus ojos buscaban con tristeza las líneas musicales.

Очите ѝ тъжно търсеха по нотните редове.

Gregor se sintió atraído un poco más hacia la sala de estar.

Грегор се почувства още малко привлечен от хола.

Mantuvo la cabeza cerca del suelo, pero miró hacia arriba.

Той държеше главата си близо до земята, но гледаше нагоре.

Tal vez de esta manera la mirada de su hermana podría encontrarse con la suya.

Може би по този начин погледът на сестра му щеше да срещне неговия.

¿Puede realmente decirse que era sólo un animal?

Може ли наистина да се каже, че той е бил просто животно?

¿Era un animal si la música podía cautivarlo tanto?

Дали е бил животно, щом музиката може да го пленява толкова много?

Sintió como si le mostraran un camino hacia una alimentación desconocida.

Той се чувстваше сякаш му е показан път към непозната храна.

Quizás éste era el sustento que le faltaba.

Може би това беше прехраната, която му липсваше.

Estaba decidido a dirigirse hacia su hermana.

Той беше твърдо решен да се приближи до сестра си.

Quería tirar de su falda para llamar su atención.

Искаше му се да я дръпне за полата, за да привлече вниманието ѝ.

Quería darle una indicación de una invitación.

Той искаше да ѝ даде знак, че е поканен.

"Ven a tocar el violín en mi habitación", quiso decir.
„Ела да посвириш на цигулка в стаята ми“, искаше да
каже той.
Él quería que ella fuera recompensada por su hermosa
música.
Той искаше тя да бъде възнаградена за красивата си
музика.
"Aquí nadie te recompensa por tocar el violín".
„Никой тук не те възнаграждава за това, че свириш на
цигулка.“
Él ya no quería dejarla salir de su habitación.
Той вече не искаше да я пуска от стаята си.
Él quería que ella permaneciera con él mientras viviera.
Той искаше тя да остане с него, докато е жив.
Por primera vez su transformación tuvo un beneficio.
За първи път трансформацията му имаше полза.
Su deformidad finalmente iba a serle útil.
Деформацията му най-накрая щеше да му бъде полезна.
Quería estar en las cuatro puertas simultáneamente.
Искаше да е едновременно на четирите врати.
Quería silbarles y escupirles desde todos los ángulos.
Искаше му се да съска и да ги заплюе отвсякъде.
Su hermana no debería verse obligada a quedarse con él.
Сестра му не бива да бъде принуждавана да остане с него.
Él quería que ella eligiera quedarse con él voluntariamente.
Той искаше тя доброволно да избере да остане с него.
Ella iba a sentarse a su lado e inclinarse hacia él.
Тя щеше да седне до него и да се наведе към него.
Y le iba a contar sobre la escuela de música.
И щеше да й разкаже за музикалното училище.
Tenía la firme intención de enviarla a la academia.
Той имаше твърдото намерение да я изпрати в
академията.
Se lo habría contado a todo el mundo la pasada Navidad.
Щеше да разкаже на всички за това миналата Коледа.
¿Ya había llegado y pasado realmente la Navidad?
Дали Коледа наистина вече дойде и си отмина?

Y no habría dejado que nadie le disuadiera de ello.

И той не би позволил на никого да го разубеди от това.

Pero entonces el desafortunado accidente lo detuvo todo.

Но тогава злощастният инцидент спря всичко.

La hermana se habría sentido abrumada por la emoción.

Сестрата щеше да бъде обзета от емоции.

Y entonces Gregor se habría subido hasta su hombro.

И тогава Грегор щеше да се покатери до рамото ѝ.

Y la habría consolado besándole el cuello.

И щеше да я утеши, като я целуне по врата.

—¡Señor Samsa! —gritó el hombre del medio al padre.

„Господин Самса!", извика мъжът по средата на бащата.

Señalaba con su dedo índice hacia Gregor.

Той сочеше с показалеца си надолу към Грегор.

Gregor se movía lentamente por el suelo de la sala de estar.

Грегор бавно се движеше по пода на хола.

El sonido del violín se silenció muy rápidamente.

Свиренето на цигулка много бързо замлъкна.

El del medio de los tres hombres sonrió a sus amigos.

Средният от тримата мъже се усмихна на приятелите си.

Luego meneó la cabeza y volvió a mirar a Gregor.

После поклати глава и погледна отново към Грегор.

El padre podría haber obligado a Gregor a regresar a su habitación.

Бащата можеше да принуди Грегор да се върне в стаята му.

Pero esa no fue la primera acción que decidió tomar.

Но това не беше първото действие, което той реши да предприеме.

Pensó que era más importante calmar a los caballeros.

Той смяташе, че е по-важно да успокои господата.

Aunque en realidad no estaban molestos en absoluto por Gregor.

Въпреки че всъщност изобщо не бяха разстроени от Грегор.

Gregor parecía más entretenido que tocar el violín.

Грегор изглеждаше по-забавен от свиренето на цигулка.

Corrió hacia ellos con los brazos extendidos.

Той се втурна към тях с протегнати ръце.

Estaba intentando hacer lo mejor que podía para ocultar su visión de Gregor.

Той се стараеше с всички сили да прикрие мнението им за Грегор.

Y trató de animarlos a regresar a su habitación.

И той се опита да ги насърчи да се върнат в стаята си.

En realidad, esto los hizo enfadar un poco.

Ако не друго, това всъщност ги раздразни малко.

Pero era difícil decir exactamente qué les molestaba.

Но беше трудно да се каже какво точно ги е подразнило.

El padre estaba arruinando la diversión de la noche.

Бащата разваляше забавлението през вечерта.

Pero también acababan de enterarse de su nuevo compañero de piso.

Но те току-що бяха научили и за новия си съквартирант.

Levantaron las manos tal como lo había hecho el padre.

Те вдигнаха ръце точно както беше направил бащата.

Exigieron una explicación inmediata al padre.

Те поискаха незабавно обяснение от бащата.

Se tiraron inquietos de la barba esperando una respuesta.

Те неспокойно дърпаха брадите си, търсейки отговор.

Y retrocedieron hasta su habitación, pero muy lentamente.

И те се придвижиха назад към стаята си, но много бавно.

La interrupción había dejado a la hermana en trance.

Прекъсването беше хвърлило сестрата в транс.

Dejó que el violín y el arco colgaran a su lado.

Тя остави цигулката и лъка да висят до нея.

Y ella miraba la partitura como si todavía estuviera tocando.

И тя погледна нотния лист, сякаш все още свиреше.

Pero de repente ella regresó a la habitación.

Но после тя внезапно се дръпна обратно в стаята.

Y ahora había superado el sentimiento de estar perdida.

И сега тя беше преодоляла чувството си на изгубеност.

Ella colocó el instrumento musical en el regazo de su madre.

Тя постави музикалния инструмент в скута на майка си.

La madre estaba sentada en la silla, respirando con dificultad.

Майката седеше на стола и дишаше тежко.

Y entonces la hermana tuvo que correr a la habitación de al lado.

И тогава сестрата трябваше да изтича в съседната стая.

Tenía que dejar todo listo para los caballeros.

Тя трябваше да приготви всичко за господата.

Ella arrojó las mantas y los cojines al aire.

Тя хвърли одеялата и възглавниците във въздуха.

Y con sus manos expertas dispuso toda la ropa de cama.

И с умелите си ръце тя подреди цялото спално бельо.

Terminó antes de que los caballeros llegaran a la habitación.

Тя беше приключила, преди господата да стигнат до стаята.

Y ella se escabulló antes de interponerse en su camino.

И тя се измъкна, преди да им се изпречи на пътя.

El padre parecía estar dominado por su propia terquedad.

Бащата сякаш беше обзет от собствения си инат.

Y así olvidó todo respeto que debía a sus inquilinos.

И така той забрави всяко уважение, което дължеше на наемателите си.

Empujó y empujó hasta que su portavoz se opuso.

Той натискаше и натискаше, докато говорителят им не възрази.

Al llegar a la puerta, dio una patada furiosa.

Той ядосано тропна с крак, когато стигна до вратата.

Y con esto logró detener al padre.

И по този начин той доведе бащата до застой.

"Por la presente declaro", comenzó dirigiéndose a su propietario.

„С настоящото заявявам“ – започна той да се обръща към хазяина си.

Y levantó la mano, mirando a toda la familia.

И той вдигна ръка, оглеждайки цялото семейство.

"En cuanto a las repugnantes condiciones de la habitación;"

„Относно отвратителните условия в стаята;“

Y se aseguró de que todos escucharan sus palabras.

И той се увери, че всички слушат думите му.

"Por la presente, le comunico que desocuparé mi habitación".

„С настоящото уведомявам, че ще освободя стаята си.“

Y reiteró su punto escupiendo en el suelo.

И той допълнително затвърди тезата си, като плю на земята.

"Tampoco pagaré por los días que he vivido aquí."

„Нито пък ще платя за дните, които съм живял тук.“

Sin embargo, no estaba completamente satisfecho con este reembolso.

Той обаче не беше напълно доволен от това възстановяване на сумата.

"Y consideraré hacer otras demandas contra usted."

„И ще обмисля да отправя други искания към вас.“

Créeme, tales exigencias serán muy fáciles de justificar.

„Повярвайте ми, подобни искания ще бъдат много лесни за оправдаване.“

Él permaneció en silencio y miró directamente al padre.

Той мълчеше и гледаше право напред към бащата.

Parecía estar esperando que sucediera algo más.

Изглеждаше сякаш очакваше да се случи нещо повече.

De hecho, sus dos amigos inmediatamente tuvieron la misma idea.

Всъщност, двамата му приятели веднага имали същата идея.

"También estamos cancelando nuestras habitaciones", dijeron al unísono.

„И ние отменяме стаите си“, казаха те в един глас.

Luego agarró la manija de la puerta y cerró la puerta.

След това хвана дръжката на вратата и я затвори.

Y con un fuerte estruendo se encerraron en su habitación.

И с трясък се затвориха в стаята си.

El padre se tambaleó hasta su silla con manos torpes.

Бащата се олюля към стола си, опипвайки ръце.

Y se dejó caer en la silla, derrotado.

И той се отпусна на стола, победен.

Parecía como si fuera a echar su siesta vespertina habitual.

Изглеждаше сякаш отива на обичайната си вечерна дрямка.

Pero su cabeza asintió casi como si no tuviera apoyo.

Но главата му кимна, сякаш нямаше опора.

Y se podía ver que no estaba durmiendo en absoluto.

И се виждаше, че изобщо не спеше.

Durante todo este tiempo Gregor no se había movido de su sitio.

През цялото това време Грегор не помръдна от мястото си.

Todavía estaba donde los caballeros lo habían visto por primera vez.

Той все още беше там, където господата го бяха видели за първи път.

Incluso si hubiera querido moverse, le resultó imposible.

Дори и да искаше да се премести, намираше го за невъзможно.

Por su decepción, o por su hambre.

Заради разочарованието си или заради глада си.

Estaba decepcionado por el fracaso de su plan.

Той беше разочарован от провала на плана си.

Y estaba débil por el hambre prolongada que sentía.

И беше слаб от продължителния глад, който изпитваше.

Estaba seguro de que en cualquier momento todos se volverían contra él.

Беше сигурен, че всеки момент всички ще се обърнат срещу него.

Con esta expectativa de colapso inminente, esperó.

С това очакване за предстоящ колапс той чакаше.

El violín empezó a deslizarse del regazo de la madre.

Цигулката започна да се изплъзва от скута на майката.

Con un sonido resonante el violín cayó al suelo.

С оглушителен звук цигулката падна на земята.

Pero ni siquiera ese repentino ruido estrepitoso lo sobresaltó.

Но дори този внезапен трясък не го стресна.

«Queridos padres», dijo la hermana, «esto no puede continuar».

„Скъпи родители", каза сестрата, „това не може да продължава."

Y golpeó la mesa con la mano para dejar claro su punto.

И тя удари с ръка по масата, за да докаже думите си.

"No diré el nombre de mi hermano delante de este monstruo".

„Няма да кажа името на брат си пред това чудовище."

"Por eso lo digo lo más claramente posible:"

„Ето защо го казвам възможно най-директно:"

"No tenemos otra opción que deshacernos de este animal".

„Нямаме друг избор, освен да се отървем от това животно."

"Hicimos lo mejor que pudimos para tolerar y cuidar a este animal".

„Направихме всичко възможно да толерираме и да се грижим за това животно."

"No creo que nadie pueda culparnos en lo más mínimo".

„Мисля, че никой не може да ни вини ни най-малко."

"Tiene mil veces razón", asintió el padre.

„Тя е хиляди пъти права", съгласи се бащата.

La madre aún no había recuperado del todo el aliento.

Майката все още не беше си поела напълно дъх.

Ella empezó a toser sordamente en su mano, respirando con dificultad.

Тя започна да кашля глухо в ръката си, дишайки тежко.

Y una expresión de locura comenzó a surgir en sus ojos.

И в очите ѝ започна да се появява безумно изражение.

La hermana corrió hacia su madre y le sujetó la frente.

Сестрата се втурна към майка си и я хвана за челото.

El padre pareció inspirarse en las palabras de la hermana.

Бащата сякаш се вдъхнови от думите на сестрата.

Y sus pensamientos parecían ser más claros que antes.

И мислите му сякаш бяха по-ясни от преди.

Dejó de asentir con la cabeza y volvió a sentarse derecho.

Той спря да кима с глава и отново се изправи.

Y jugaba con la gorra de sirviente, sumido en sus pensamientos.

И си играеше с шапката на слугата си, дълбоко замислен.

Los platos de los inquilinos todavía estaban sobre la mesa.

Чиниите от наемателите все още бяха на масата.

Y a veces miraba hacia el silencioso Gregor.

И понякога поглеждаше към мълчаливия Грегор.

"Tenemos que intentar deshacernos de él", le dijo la hermana.

„Трябва да се опитаме да се отървем от него“, каза му сестрата.

La madre estaba demasiado ocupada tosiendo como para escuchar.

Майката беше твърде заета с кашлица, за да слуша.

"Los matará a ambos, ya lo veo venir."

„Ще ви убие и двамата, вече го виждам.“

"No podemos seguir trabajando tan duro como lo hacemos todos."

„Не можем всички да продължим да работим толкова усилено, колкото правим.“

"Y cada día tenemos que volver a casa y encontrarnos con esta tortura."

„И всеки ден трябва да се прибираме у дома и да преживяваме това мъчение.“

"No podemos soportarlo más. No puedo soportarlo."

„Не можем да го търпим повече. Не мога да го търпя.“

Ella cayó ante su madre en un último estallido de lágrimas.

Тя се хвърли върху майка си в последен изблик на сълзи.

Las lágrimas cayeron por su rostro y sobre el de su madre.

Сълзите се стичаха по лицето ѝ и върху това на майка ѝ.

Y se secó las lágrimas con un movimiento mecánico.

И тя избърса сълзите с механично движение.

"Hijo mío", dijo el padre con voz compasiva.

— Детето ми — каза бащата със състрадателен глас.

Había profunda simpatía y comprensión en su voz.

В гласа му се долавяше дълбоко съчувствие и разбиране.

«Pero ¿qué debemos hacer?», confesó no saberlo.

„Но какво да правим?“, призна той, че не знае.

La hermana simplemente se encogió de hombros con impotencia.

Сестрата само сви безпомощно рамене.

Y su confianza anterior fue reemplazada nuevamente por lágrimas.

И предишната й увереност отново беше заменена от сълзи.

«Si nos entendiera», dijo el padre en voz alta.

„Само да ни разбираше“, каза бащата на глас.

Y se preguntó si tal vez Gregor entendía.

И той почти се запита дали Грегор е разбрал.

La hermana simplemente sacudió su mano violentamente mientras lloraba.

Сестрата само силно стисна ръката й, докато плачеше.

Y entonces ella señaló que no se debía pensar en esa idea.

И затова тя даде знак, че идеята не бива да се обмисля.

«¡Si nos comprendiera!», repitió el padre.

„Но само да ни разбираше“ – повтори бащата.

Cerrando los ojos consideró la respuesta de la hermana.

Затвори очи и обмисли отговора на сестрата.

"Si lo entendiera se podría llegar a un acuerdo con él."

„Ако той разбереше, можеше да се постигне споразумение с него.“

"Pero estando las cosas como están..."

„Но с нещата такива, каквито са...“

"Tiene que irse", gritó la hermana, "es la única manera".

„Трябва да си тръгне!“, извика сестрата, „това е единственият начин.“

"Tienes que deshacerte de la idea de que es Gregor".

„Трябва да се отървеш от мисълта, че това е Грегор.“

"Que lo hayamos creído durante tanto tiempo es nuestra verdadera desgracia."

„Че толкова дълго вярвахме в това е истинското ни нещастие.“

«¿Pero cómo puede ser Gregor?», le preguntó a su padre.

„Но как може да е Грегор?“, попита тя баща си.

"Sabía que un animal así no podía coexistir con los humanos".

„Той знаеше, че такова животно не може да съжителства с хората."

Gregor nos habría abandonado hace mucho tiempo, voluntariamente.

„Грегор отдавна щеше да ни напусне, доброволно."

"Es cierto, entonces no tendríamos ningún hermano."

„Вярно е, тогава нямаше да имаме брат."

"Pero podríamos seguir viviendo y honrar su memoria".

„Но бихме могли да продължим да живеем и да почитаме паметта му."

"Pero esta bestia nos persigue y ahuyenta a nuestros labradores."

„Но този звяр ни преследва и прогонва наемателите ни."

"Es evidente que quiere apoderarse de todo el apartamento".

„Очевидно иска да завладее целия апартамент."

"Esta bestia quiere hacernos dormir en la calle."

„Този звяр иска да ни накара да спим на улицата."

«Mira, padre», gritó de repente, «¡se mueve otra vez!»

— Вижте, татко — извика тя внезапно, — той отново се движи!

E hizo algo que ni siquiera Gregor pudo entender.

И тя направи нещо, което дори Грегор не можеше да разбере.

Ella se apartó, como sacrificando a la madre.

Тя се отблъсна, сякаш жертваше майката.

Y ella corrió detrás de su padre buscando algún tipo de seguridad.

И тя тичаше зад баща си за някаква безопасност.

El padre estaba agitado únicamente porque su hija lo estaba.

Бащата беше развълнуван само защото дъщеря му беше развълнувана.

Pero entonces él también se levantó y levantó los brazos sobre ella.

Но тогава и той се изправи и вдигна ръце над нея.

Pero Gregor no tenía intención de asustar a nadie.

Но Грегор нямаше намерение да плаши никого.

Sobre todo no pensó en asustar a su hermana.

Той особено нямаше и помисъл да плаши сестра си.

Él sólo estaba intentando regresar a su habitación.

Той просто се опитваше да се обърне обратно към стаята си.

Pero dado que su estado estaba empeorando, incluso esto era difícil.

Но при влошаващото се състояние на детето му дори това беше трудно.

Y ya no tenía pleno uso de todas sus piernas.

И вече не можеше да използва пълноценно всичките си крака.

Entonces usó su cabeza para levantar su cuerpo y girar.

Затова той използва главата си, за да повдигне тялото си и да се обърне.

Hizo una pausa y miró a su alrededor esperando la aprobación de la familia.

Той се спря и се огледа за одобрението на семейството.

Su buena intención parecía haber sido reconocida.

Доброто му намерение сякаш беше разпознато.

Su movimiento sólo había sido un shock momentáneo para ellos.

Движението му беше само моментен шок за тях.

Ahora todos lo miraban en un silencio infeliz.

Сега всички го гледаха в нещастно мълчание.

La madre seguía tumbada en el sillón, exhausta.

Майката все още лежеше в креслото, изтощена.

El padre y la hermana estaban sentados uno al lado del otro.

Бащата и сестрата седяха един до друг.

«Quizás ahora me dejen dar la vuelta», pensó Gregor.

„Може би сега ще ме оставят да се обърна“, помисли си Грегор.

Y continuó haciendo su torpe movimiento de giro.

И той продължи да прави своето неловко обръщане.

No podía reprimir los jadeos ocasionales de esfuerzo.

Той не можеше да потисне случайните въздишки от
усилие.
**Y se vio obligado a descansar un par de veces entre uno y
otro.**
И беше принуден да си почива няколко пъти
междувременно.
**Ya nadie le obligaba a apresurarse; la decisión estaba en sus
manos.**
Никой не го караше да бърза сега; всичко зависеше от
него.
Al final completó el giro lento y doloroso.
Накрая той завърши бавния и болезнен завой.
**Inmediatamente comenzó a caminar directamente de regreso
a su habitación.**
Той веднага тръгна право обратно към стаята си.
Se sorprendió de lo lejos que estaba de su habitación.
Той беше изумен колко далеч от стаята си беше.
¿Cómo, a pesar de su debilidad, había llegado allí antes?
Как, въпреки слабостта си, беше стигнал до там преди?
Había recorrido casi el mismo camino sin darse cuenta.
Той беше изминал почти същия път, без да забележи.
Ahora él sólo se concentró en gatear tan rápido como podía.
Той просто се съсредоточи върху пълзенето възможно
най-бързо.
La falta de comentarios por parte de alguien no le inquietó.
Липсата на коментари от когото и да било не го
смущаваше.
Sólo cuando ya estaba en la puerta giró la cabeza.
Едва когато вече беше на вратата, той обърна глава.
**Pero no pudo darse la vuelta para mirar hacia atrás por
completo.**
Но той не успя да се обърне, за да погледне назад напълно.
**Porque sintió que su cuello se ponía aún más rígido al
girarse.**
Защото усети как вратът му се скова още повече, докато се
обръщаше.

Pero vio que de todas formas nada había cambiado detrás de él.

Но той видя, че така или иначе нищо не се е променило зад него.

La única diferencia fue que su hermana se puso de pie.

Единствената разлика беше, че сестра му се беше изправила.

Su última mirada mostró que su madre se había quedado dormida.

Последният му поглед показваше, че майка му е заспала.

Tan pronto como estuvo dentro de su habitación la puerta se cerró.

Щом влезе в стаята си, вратата се затвори.

Y tan pronto como la puerta se cerró, el cerrojo quedó bloqueado.

И веднага щом вратата се затвори, ключалката се заключи.

Gregor se asustó por el ruido inesperado que se oía detrás.

Грегор се уплаши от неочаквания шум зад гърба си.

Y sus piernas se doblaron bajo él por la repentina sorpresa.

И краката му се подкосиха от внезапната изненада.

Fue la hermana quien corrió hacia la puerta detrás de él.

Сестрата беше тази, която се беше втурнала към вратата след него.

Ella ya se encontraba allí de pie, esperándolo.

Тя вече беше застанала изправена там и го чакаше.

Luego saltó hacia delante ligeramente sin que Gregor la oyera.

След това тя леко скочи напред, без Грегор да я чуе.

"¡Por fin!" gritó en voz alta mientras giraba la llave.

„Най-накрая!“, извика тя на глас, докато завърташе ключа.

"¿Y ahora qué?", se preguntó Gregor, solo en la oscuridad.

„А сега какво?“, запита се Грегор, сам в тъмното.

Pronto descubrió que ya no podía moverse en absoluto.

Скоро той откри, че вече изобщо не може да се движи.

Pero no le sorprendió realmente su inmovilidad.

Но той всъщност не беше изненадан от неподвижността си.

Poder moverse con piernas tan delgadas parecía ridículo.

Да можеш да се движиш с такива тънки крака изглеждаше нелепо.

No sabía cómo había sido capaz de hacerlo.

Той не знаеше как изобщо е успявал да го направи.

Pero aparte de eso se sentía relativamente cómodo.

Но освен това се чувстваше сравнително комфортно.

Es cierto que sentía un dolor profundo en todo el cuerpo.

Вярно е, че е усещал силна болка в цялото си тяло.

Pero el dolor parecía hacerse cada vez más débil.

Но болката сякаш отслабваше все повече и повече.

Y sintió que el dolor eventualmente desaparecería.

И той чувстваше, че болката най-накрая ще изчезне.

Ya casi no sentía la manzana podrida en su espalda.

Той почти не усещаше гнилата ябълка в гърба си.

Pensó en su familia con emoción y amor.

Той си спомни за семейството си с емоция и любов.

Sintió las emociones de su hermana incluso más que ella misma.

Той усещаше емоциите на сестра си дори повече от нея самата.

Ella tenía razón en lo que había dicho: él tenía que irse.

Тя беше права в казаното от нея; той трябваше да си тръгне.

Pasó algún tiempo en ese estado vacío y pacífico.

Той прекара известно време в това празно и спокойно състояние.

El reloj dio tres veces, silenciosamente, pero con firmeza.

Часовникът удари три пъти, тихо, но твърдо.

Gregor fue sacado suavemente de sus meditaciones.

Грегор нежно беше изтръгнат от размишленията си.

Observó cómo la luz de la mañana entraba lentamente en su habitación.

Той наблюдаваше как утринната светлина бавно влиза в стаята му.

Entonces su cabeza se hundió por completo, sin su voluntad.

Тогава главата му потъна напълно, без негова воля.

Y su último aliento fluyó débilmente de su nariz.
И последният му дъх се изля слабо от ноздрите му.

La criada entró en su habitación temprano en la mañana.
Прислужницата влезе в стаята му рано сутринта.
No encontró nada inusual durante su corta visita habitual.
Тя не откри нищо необичайно по време на обичайното си
кратко посещение.
Con fuerza y prisa cerró de golpe todas las puertas.
От съпротива и бързане, тя затръшна всички врати.
No fue posible dormir tranquilo en todo el apartamento.
В целия апартамент не беше възможен спокоен сън.
Le habían pedido que evitara hacer esto por la mañana.
Беше помолена да не прави това сутрин.
Ella pensó que él yacía allí inmóvil a propósito.
Тя си помисли, че той нарочно лежи толкова неподвижно.
Quizás quería demostrarle que estaba ofendido.
Може би искаше да й покаже, че е обиден.
Ella confiaba en que él tenía todo tipo de inteligencia.
Тя му вярваше, че притежава всякакъв вид
интелигентност.
Ella sostenía por casualidad la escoba larga en su mano.
Случайно държеше дългата метла в ръка.
**Entonces, desde la puerta, intentó hacerle un poco de
cosquillas a Gregor.**
И така, още от вратата, тя се опита да погъделичка леко
Грегор.
**Ella estaba un poco molesta porque él no respondió en
absoluto.**
Тя беше малко раздразнена, че той изобщо не отговори.
Así que esta vez lo empujó un poco más firmemente.
Затова този път тя го бутна малко по-силно.
Cuando él no ofreció resistencia, ella lo miró más de cerca.
Когато той не показа съпротива, тя го погледна по-
отблизо.
**Pronto se dio cuenta de lo que realmente le había sucedido a
Gregor.**

Тя скоро осъзна какво всъщност се е случило с Грегор.

Abrió más los ojos y silbó para sí misma.

Тя отвори по-широко очи и подсвирна на себе си.

Pero no perdió mucho tiempo antes de abrir la puerta.

Но тя не губи много време, преди да отвори вратата.

Y clamó a gran voz en la oscuridad:

И тя извика с висок глас в тъмнината:

"Ven a echarle un vistazo, ahí está, completamente muerto."

„Елате и вижте, ето го, лежи напълно мъртво.“

Los dos padres estaban sentados erguidos en el lecho conyugal.

Двамата родители седяха изправени в съпружеското си легло.

Primero tuvieron que superar el impacto del ruido.

Първо трябваше да преодолеят шока от шума.

Pero poco a poco empezaron a comprender su mensaje.

Но след това те бавно започнаха да схващат посланието ѝ.

El señor y la señora Samsa saltaron cada uno de su lado de la cama.

Г-н и г-жа Замза скочиха всеки от своята страна на леглото.

El señor Samsa se echó la gruesa manta sobre los hombros.

Господин Замза хвърли дебелото одеяло върху раменете си.

Y la señora Samsa salió sin nada más que su camisón.

И госпожа Замза излезе само по нощница.

Y así entraron en la habitación de Gregor.

И така влязоха в стаята на Грегор.

Mientras tanto, la puerta de la sala de estar también se había abierto.

Междувременно вратата на хола също се беше отворила.

Grete había dormido allí desde que los inquilinos se mudaron.

Грете беше спала там, откакто наемателите се нанесоха.

Estaba completamente vestida como si no hubiera dormido en absoluto.

Беше напълно облечена, сякаш изобщо не беше спала.

Su rostro pálido también parecía demostrar su falta de sueño.

Бледото й лице също сякаш доказваше липсата й на сън.

"¿Está muerto?" preguntó la señora Samsa, mirando a la criada.

„Мъртъв ли е?" попита госпожа Замза, гледайки прислужницата.

Ella podría haberlo confirmado mirándolo ella misma.

Тя можеше да потвърди това, като го погледнеше сама.

"Creo que sí", dijo la criada cogiendo la escoba.

— Мисля, че да — каза прислужницата, вдигайки метлата.

Y ella empujó su cuerpo muy lejos por el suelo.

И тя бутна тялото му дълго по пода.

La señora Samsa hizo un movimiento como si quisiera detenerla.

Госпожа Замза направи движение, сякаш искаше да я спре.

Pero al final dejó que la criada llevara a Gregor de un lado a otro.

Но накрая тя позволи на прислужницата да плъзга Грегор насам-натам.

—Bueno —dijo el señor Samsa—, por fin podemos dar gracias a Dios.

„Е, най-накрая можем да благодарим на Бога", каза г-н Самса.

Hizo la señal de la cruz; cabeza, pecho, hombros.

Той направи знака на кръста: глава, гърди, рамене.

Y las tres mujeres siguieron su ejemplo religioso.

И трите жени последваха неговия религиозен пример.

Grete, que no apartaba la vista del cadáver, dijo:

Грете, която не сваляше поглед от трупа, каза:

"Mira qué delgado estaba, hacía tanto tiempo que no comía."

„Вижте колко е отслабнал, толкова дълго не е ял."

"La comida que le dejaba cada mañana siempre estaba intacta."

„Храната, която му оставях всяка сутрин, винаги беше недокосната."

De hecho, el cuerpo de Gregor estaba completamente plano y seco.

Всъщност тялото на Грегор беше напълно плоско и сухо.

Esto era más visible ahora que estaba en el suelo.

Това беше по-видимо сега, когато беше на земята.

Porque su cuerpo ya no era levantado por sus piernas.

Защото тялото му вече не се повдигаше от краката му.

Y porque no había nada más que distrajera la vista.

И защото нямаше нищо друго, което да разсейва гледката.

—Ven un rato con nosotros, Grete —dijo la señora Samsa.

— Ела за малко с нас, Грете — каза госпожа Замза.

Había una sonrisa dolorosa en sus labios mientras hablaba.

Докато говореше, на устните ѝ играеше болезнена усмивка.

Grete los siguió, pero también miró hacia el cadáver.

Грете ги последва, но също погледна назад към трупа.

La criada cerró la puerta y abrió completamente la ventana.

Прислужницата затвори вратата и отвори напълно прозореца.

Todavía era temprano, por lo que normalmente el aire estaría frío.

Беше още рано, така че въздухът обикновено би бил студен.

Pero también había una mezcla de calidez en el aire frío.

Но в студения въздух се усещаше и примес на топлина.

Como un suave recordatorio de que ya era finales de marzo.

Като меко напомняне, че вече е краят на март.

Los tres inquilinos ahora también salieron de su habitación.

Тримата наематели също излязоха от стаята си.

Miraron a su alrededor con asombro en busca de su desayuno.

Те се огледаха с удивление за закуската си.

El desayuno fue olvidado por lo que encontró la criada.

Закуската беше забравена заради това, което прислужницата откри.

"¿Dónde está el desayuno?" se quejó el caballero del medio.

„Къде е закуската?“, измърмори средният господин.

La criada se llevó el dedo a la boca para ordenar silencio.
Прислужницата сложи пръст на устата си, за да нареди тишина.
Y ella rápidamente y en silencio saludó a los caballeros.
И тя припряно и мълчаливо махна на господата.
La criada acompañó a los tres caballeros a la habitación.
Прислужницата въведе тримата господа в стаята.
Y continuó explicándoles lo que había sucedido.
И тя продължи да им обяснява какво се е случило.
Y los tres caballeros estaban alrededor del cadáver de Gregor.
И тримата господа стояха около трупа на Грегор.
Con las manos en los bolsillos miraron hacia abajo.
С ръце в джобовете си те гледаха надолу.
La luz de la mañana ahora había inundado completamente la habitación.
Сутрешната светлина вече беше напълно обляла стаята.
Entonces se abrió la puerta del dormitorio y apareció el señor Samsa.
Тогава вратата на спалнята се отвори и се появи господин Замза.
A un lado estaba su esposa y al otro su hija.
От едната страна беше жена му, а от другата дъщеря му.
Para entonces el señor Samsa ya llevaba puesto su uniforme.
Господин Замза вече носеше униформата си.
Se podía ver que todos habían estado llorando un poco.
Можеше да се види, че всички бяха поплакали малко.
Grete presionó su cara contra el brazo de su padre.
Грете притисна лице към ръката на баща си.
"¡Sal de mi apartamento inmediatamente!" ordenó el señor Samsa.
„Напуснете апартамента ми незабавно!“, заповяда господин Замза.
Y señaló la puerta sin dejar salir a las mujeres.
И той посочи вратата, без да пуска жените.
"¿Qué quieres decir?" preguntó el intermediario desconcertado.

„Какво имаш предвид?" попита смутен средният мъж.

Y él hizo lo mejor que pudo para sonreír dulcemente al señor Samsa.

И той направи всичко възможно да се усмихне сладко на господин Самса.

Los otros dos llevaban las manos tras la espalda.

Другите двама държаха ръцете си зад гърба си.

Y se frotaron las manos con anticipación.

И те потриха ръце в очакване.

Parecía que esperaban que se produjera una fuerte pelea.

Изглеждаха сякаш очакваха да има шумна кавга.

Pero ellos parecían estar contentos con la discusión que se avecinaba.

Но те изглеждаха доволни от предстоящия спор.

Creían que la disputa sería a su favor.

Те си мислеха, че спорът ще бъде в тяхна полза.

"Quiero decir exactamente lo que acabo de decir", respondió el señor Samsa.

„Имам предвид точно това, което току-що казах", отвърна господин Замза.

Caminó en línea recta con sus dos compañeros.

Той вървеше по права линия с двамата си спътници.

Y el señor Samsa se dirigió directamente a su caballero principal.

И г-н Замза се обърна директно към водещия им господин.

El caballero primero se quedó quieto, mirando al suelo.

Господинът първо застана неподвижно, гледайки към земята.

El contenido de su cabeza todavía estaba ordenándose.

Съдържанието на главата му все още се подреждаше.

—Está bien, nos vamos —dijo y miró al señor Samsa.

— Добре, ще тръгваме — каза той и погледна към господин Замза.

Una nueva humildad pareció apoderarse de él de repente.

Сякаш внезапно го обзе ново смирение.

Y parecía estar pidiendo permiso para esta decisión.

И сякаш искаше разрешение за това решение.
El señor Samsa abrió mucho los ojos y asintió un poco.
Господин Замза широко отвори очи и кимна леко.
Los caballeros obedecieron inmediatamente su orden.
Господата веднага се съобразиха с неговата заповед.
Y efectivamente dieron largos pasos por el pasillo.
И те действително направиха дълги крачки в коридора.
Sus amigos ya habían dejado de frotarse las manos.
Приятелите му вече бяха спрели да си търкат ръце.
Habían estado escuchando cómo iba la conversación.
Те слушаха как протича разговорът.
Y ahora corrían tras él, como si tuvieran miedo.
И сега те тичаха след него, сякаш от страх.
El señor Samsa aún podría aislarlos de su líder.
Г-н Самса все още може да ги изолира от техния лидер.
Sacaron sus palos del contenedor.
Те извадиха пръчките си от контейнера за пръчки.
Y se inclinaron en silencio antes de salir del apartamento.
И те се поклониха мълчаливо, преди да напуснат
апартамента.
**El señor Samsa y las dos mujeres salieron del patio
delantero.**
Господин Замза и двете жени излязоха от предния двор.
**Pero en realidad no tenían motivos para desconfiar de los
hombres.**
Но всъщност те нямаха причина да не се доверяват на
мъжете.
**Se apoyaron en la barandilla para comprobar si se habían
ido.**
Те се облегнаха на парапета, за да проверят дали са си
тръгнали.
**Los tres caballeros efectivamente estaban bajando las
escaleras.**
Тримата господа наистина слизаха по стълбите.
En un determinado recodo de la escalera desaparecieron.
В един завой на стълбището те изчезнаха.
Y entonces la escalera los trajo de nuevo a la vista.

И тогава стълбището ги върна в полезрението.

Esta aparición y desaparición se repite en cada piso.

Това появяване и изчезване се повтаряше на всеки етаж.

Pero al final casi habían llegado al fondo.

Но в крайна сметка почти бяха стигнали до дъното.

Cuanto más avanzaban, más aburridos parecían.

Колкото по-далеч отиваха, толкова по-безинтересни ставаха.

Todos regresaron a casa, como si se sintieran aliviados.

Всички се върнаха обратно вкъщи, сякаш облекчени.

Decidieron aprovechar el día para descansar y salir a pasear.

Те решиха да използват деня, за да си починат и да се разходят.

Sentían que merecían este descanso de su trabajo.

Те чувстваха, че са заслужили тази почивка от работата си.

No sólo merecían este descanso, sino que lo necesitaban.

Те не само заслужаваха тази почивка, но и се нуждаеха от нея.

Se sentaron a la mesa para escribir cartas de disculpas.

Те седнаха на масата, за да напишат писма с извинения.

El señor Samsa escribió una carta de disculpas a su dirección.

Г-н Самса написа писмото си с извинение до ръководството си.

La señora Samsa escribió su carta de disculpas a sus clientes.

Г-жа Самса написа писмото си с извинение до клиентите си.

Y Grete escribió su carta de disculpa a su director.

И Грете написа писмото си с извинение до директора си.

Mientras todos escribían, la criada llegó a la habitación.

Докато всички пишеха, прислужницата влезе в стаята.

Su trabajo de la mañana había terminado, por lo que se dirigía a casa.

Сутрешната ѝ работа беше приключила, така че се прибираше вкъщи.

Los tres escritores asintieron al principio, sin levantar la vista.

Тримата писатели първоначално кимнаха, без да вдигат поглед.

Pero la criada no parecía querer irse todavía.

Но прислужницата сякаш още не искаше да си тръгва.

Esperó un poco, hasta que los tres escritores levantaron la vista.

Тя изчака малко, докато тримата писатели вдигнат погледи.

"¿Y bien?" preguntó el señor Samsa, enojado como los demás.

„Е?“ попита господин Замза, ядосан, както и останалите.

La criada estaba parada en la puerta con una sonrisa en su rostro.

Прислужницата стоеше на вратата с усмивка на лице.

Dio la impresión de tener buenas noticias que informar.

Тя създаваше впечатление, че има добри новини за съобщаване.

Pero ella no iba a compartir la noticia a menos que se lo pidieran.

Но тя нямаше да сподели новината, освен ако не я помолят.

La pluma de avestruz erguida sobre su sombrero se balanceaba ligeramente.

Изправеното щраусово перо на шапката ѝ леко се поклащаше.

Aquella pluma de avestruz siempre había molestado al señor Samsa.

Това щраусово перо винаги е дразнело господин Замза.

—Entonces, ¿qué quieres? —preguntó la señora Samsa con firmeza.

„И така, какво искате тогава?“ попита твърдо госпожа Замза.

La criada todavía tenía mucho respeto por la señora Samsa.

Прислужницата все още изпитваше голямо уважение към госпожа Замза.

"Sí", respondió ella y soltó una carcajada amistosa.

„Да“, отговори тя и избухна в приятелски смях.

Por un momento su risa le impidió hablar.

За миг смехът ѝ я спря да говори.

"No tienes que preocuparte por esa cosa de al lado".

„Не е нужно да се тревожиш за онова нещо в съседство.“

"Ya he decidido cómo nos desharemos de él".

„Вече уредих как ще се отървем от него.“

La señora Samsa y Grete continuaron escribiendo sus cartas.

Госпожа Замза и Грете продължиха да пишат писмата си.

Pero el señor Samsa se dio cuenta de que la criada aún no había terminado.

Но господин Замза забеляза, че прислужницата още не е приключила.

Ahora quería describir todo con más detalle.

Сега тя искаше да опише всичко по-подробно.

Pero él extendió su mano para rechazar sus esfuerzos.

Но той протегна ръка, за да отхвърли усилията ѝ.

Se dio cuenta de que no estaban interesados en sus planes.

Тя осъзна, че те не се интересуват от нейните планове.

Y entonces recordó la gran prisa en la que había estado.

И тогава тя си спомни колко много бързаше.

"Ciao entonces", dijo ella, insultada por la falta de interés.

— Чао тогава — каза тя, обидена от липсата на интерес.

Pero antes de irse cerró la puerta de un golpe terriblemente fuerte.

Но преди да си тръгне, тя затръшна вратата ужасно силно.

"La despedirán esta noche", dijo el señor Samsa.

„Ще бъде уволнена довечера“, каза господин Самса.

Pero su esposa y su hija estaban demasiado ocupadas para responderle.

Но жена му и дъщеря му бяха твърде заети, за да му отговорят.

Porque la criada había perturbado la paz recién adquirida.

Защото прислужницата беше нарушила новоспечеленото им спокойствие.

La madre y la hija se levantaron para ir a la ventana.

Майката и дъщерята станаха, за да отидат до прозореца.

Y abrazados se quedaron allí.

И прегърнати един друг, те останаха там.

El señor Samsa se giró en su silla para mirarlos.

Господин Замза се завъртя на стола си, за да ги погледне.

Y por un rato los observó en silencio mientras estaban allí de pie.

И известно време той ги наблюдаваше тихо как стоят там.

Finalmente les gritó: "¿Queréis venir a mí?"

Накрая той им извика: „Ще дойдете ли при мен?“

"Olvidémonos de todas esas cosas viejas, ¿de acuerdo?"

„Хайде да забравим за всички тези стари неща, нали?“

"Ven a mí y dame un poco de tu atención."

„Ела при мен и ми отдели малко внимание.“

Las dos mujeres hicieron lo que él les dijo y corrieron hacia él.

Двете жени направиха както му каза и се втурнаха към него.

Le dieron un abrazo cariñoso y le besaron.

Те го прегърнаха нежно и го целунаха.

Regresaron rápidamente para terminar de escribir sus cartas.

Те бързо се върнаха, за да довършат писмата си.

Luego los tres abandonaron el apartamento juntos.

След това и тримата напуснаха апартамента заедно.

No habían salido juntos de casa desde hacía meses.

Не бяха излизали заедно от къщи от месеци.

Y tomaron el tranvía hasta las afueras de la ciudad.

И те взеха трамвая до покрайнините на града.

Tenían todo el vagón del tranvía para ellos solos.

Целият вагон на трамвая беше само за тях.

La luz del sol entraba a raudales por la ventana desde el exterior.

Слънчевата светлина нахлуваше през прозореца отвън.

La familia se reclinó cómodamente en sus asientos.

Семейството се облегна удобно на столовете си.

Y discutieron las perspectivas para su futuro.

И те обсъдиха перспективите за бъдещето си.

Al examinarlos más de cerca, sus perspectivas no eran malas.

При по-внимателен поглед перспективите им не бяха
лоши.

Los tres tenían trabajos con potencial para ganar más.

И тримата имаха работа с потенциал да печелят повече.

Nunca se habían preguntado sobre su trabajo.

Те никога не се бяха питали един друг за работата си.

Pero ahora finalmente tenían tiempo para discutir esas cosas.

Но сега най-накрая имаха време да обсъждат подобни
неща.

**También tenían la opción de mudarse a un apartamento más
pequeño.**

Те също имаха възможност да се преместят в по-малък
апартамент.

Esto tendría el mayor impacto en sus vidas.

Това би имало най-голямо влияние върху живота им.

Su apartamento actual había sido elegido por Gregor.

Настоящият им апартамент беше избран от Грегор.

Pero ahora podrían mudarse a algún lugar más asequible.

Но сега те биха могли да се преместят някъде на по-
достъпно място.

**Un apartamento más pequeño, pero en un lugar más
práctico.**

По-малък апартамент, но на по-практично място.

**Hablar sobre el futuro hizo que Grete se sintiera
nuevamente más animada.**

Разговорите за бъдещето отново оживиха Грете.

**El señor y la señora Samsa también notaron otros cambios en
ella.**

Г-н и г-жа Самса забелязаха и други промени в нея.

**Sus mejillas se habían vuelto pálidas por todas sus
preocupaciones.**

Бузите ѝ бяха пребледнели от всичките ѝ тревоги.

Pero ahora su hija se estaba convirtiendo en una bella dama.

Но сега дъщеря им разцъфтяваше и се превръщаше в
прекрасна дама.

Ahora ella realmente era una joven bien formada y hermosa.

Тя наистина беше добре сложена и изящна млада жена сега.

Sus padres guardaron silencio y admiraron a su hija.

Родителите й замълчаха и се възхитиха на дъщеря си.

Se miraron el uno al otro comunicándose inconscientemente.

Те се спогледаха, общувайки несъзнателно.

"Pronto llegará el momento de encontrar un buen hombre para ella."

„Скоро ще дойде време да си намери добър мъж за нея.“

El tranvía había llegado a su destino y redujo la velocidad.

Трамваят беше стигнал до крайната си точка и намали скоростта.

Su hija pareció confirmar sus nuevos sueños.

Дъщеря им сякаш потвърждаваше новите им мечти.

Ella fue la primera en levantarse y estirar su joven cuerpo.

Тя първа се изправи и разтегна младото си тяло.

9 781805 721451